O HOMEM QUE OUVIA ESTRELAS

Há quem me julgue perdido, porque ando a ouvir estrelas. Só quem ama tem ouvido para ouvi-las e entendê-las...

Olavo Bilac

"Assim também brilhe a vossa luz diante das pessoas, para que vejam as vossas boas obras e louvem o vosso Pai que está nos céus."
(Mt 5,16)

ADEILSON SALLES

O HOMEM QUE OUVIA ESTRELAS

FICHA CATALOGRÁFICA

S719h   Salles, Adeilson.

O homem que ouvia estrelas / Adeilson Salles. -- Bauru, SP: CEAC, 2013.

160p.; 15x 23 cm

1. Romance espírita   2.Luz espiritual – visão espírita   I. Titulo.

133.9

1ª edição – Agosto de 2013
12.000 exemplares

Copyright 2013 by
Centro Espírita Amor e Caridade
Bauru (SP)

Edição e Distribuição

Coordenação Editorial - Renato Leandro de Oliveira
Diagramação – Samantha Alves
Capa - Renato Leandro de Oliveira

CEAC – Editora
Rua Quinze de Novembro, 8-55
Fone (14) 3227-0618
CEP 17015-041 – Bauru (SP)
www.ceac.org.br/editora/loja
editoraceac@ceac.org.br

ÍNDICE

O HOMEM QUE OUVIA ESTRELAS 11

TOPO DO MUNDO? 15

REALIDADE 21

SUICÍDIO 27

CONFUSÃO 35

A PRISÃO 41

ESTRELA MARINA 47

NA CADEIA 53

VOLTAR DA ESCOLA 59

A VERDADEIRA PRISÃO 65

LIBERDADE 71

NOVAS SURPRESAS 77

MARINA 87

INFLUÊNCIA ESPIRITUAL 93

PERSEGUIÇÃO ESPIRITUAL 101

AMOR 107

UM NOVO SEGUIDOR 113

TU ME AMAS? 119

DESAFIOS 127

ARREPENDIMENTO 135

ESPERANÇA 141

NOVA SEGUIDORA 147

O CASAMENTO 153

O HOMEM QUE OUVIA ESTRELAS

Cada estrela do céu tem seu mistério, assim como os homens na terra são enigmas indecifráveis.

Cada estrela tem brilho próprio e cada homem também!

Cada homem tem seu linguajar próprio, cada estrela também!

O brilho das estrelas tende a se apagar ao longo dos milênios, a luz dos homens tende a crescer à medida que eles evoluem.

Diria que os homens em sua essência são diminuta luz enclausurada em um corpo celular, mas que tendem a expansão de si mesmos pela luz que irá aumentar quanto mais crescer o amor.

O amor a que me refiro não é esse que aproxima os corpos, mas o verdadeiro amor, aquele que casa as almas pelas vidas afora.

Quem ouve estrelas ouve a voz de Deus, escuta a canção das nebulosas, emociona-se com um pirilampo, pois vê na intermitência do seu brilho a luz perene e constante do Criador.

"O Homem que Ouvia Estrelas" é um romance ficcional que convida o leitor a emitir seu brilho estelar a cada novo amanhecer.

A fonte geradora da luz espiritual é o amor.

O amor é o gerador da energia poderosa, capaz de esparzir a luz intensa e despertar o potencial que cada um carrega em si.

Periodicamente homens que escutam e falam com estrelas vem à Terra, para acender em nossos corações a vontade e o desejo de brilhar na vida dos semelhantes.

Os homens são pequenos pirilampos, pois seus brilhos ainda são intermitentes, ainda irregulares, caminham para um dia tornarem-se estrelas de primeira grandeza.

A humanidade é uma constelação em construção, e o *amai-vos uns aos outros* é o start de partida para o brilho de todos.

Se toda população do mundo pudesse ser reunida agora em um único lugar, e alguém pudesse observar do alto o brilho no coração de cada um, seríamos como as milhares de luzes que piscam nas noites de natal. Poucas brilham intensamente e a grande maioria tem apenas pequenos flashes de luminosidade.

Somos ainda ensaístas, amadores na arte de brilhar e

ouvir estrelas.

Ouve estrelas quem tem a capacidade de iluminar a escuridão da dor alheia.

Todo ser humano tem a capacidade de fazer isso na vida de alguém, portanto, ilumine o mundo com seu sorriso, ilumine o coração de alguém com uma palavra de luz.

Viaje com "O Homem que ouvia Estrelas" em suas alegrias e dramas, ame como ele, perdoe e seja feliz. O amor é a luz que todos buscamos, ouçamos as estrelas para aprender a ser como elas na Terra para que um dia o céu seja aqui.

Não devemos ter medo das lutas da vida, do choque dos planetas, das explosões estelares, pois supostamente do caos, nascem as estrelas.

Dos momentos escuros, das lágrimas e lutas no mundo, mesmo no que parece ser o caos pode-se ouvir e ver as estrelas.

Por mais nublado esteja o céu, elas estão sempre lá!

Brilhe a vossa luz!

O AUTOR

TOPO DO MUNDO?

A sofisticada sala de reuniões era ricamente decorada.

Cada detalhe, cada peça decorativa fora escolhida a dedo pelo próprio empresário.

Os quadros arrematados, nos mais famosos leilões ao redor do mundo, denotavam o gosto apurado do presidente das organizações Varella.

Varella era um homem, que na plenitude de seus cinquenta anos despertava admiração pela rápida ascensão no mundo empresarial.

Não obstante sua capacidade diretiva, sua administração predatória era responsável pelo fechamento dos pequenos concorrentes no mercado da construção civil.

Foram várias as construtoras, que sucumbiram à verdadeira opressão financeira comandada por ele.

Quando surgiam profissionais competentes, imediatamente ele os aliciava oferecendo salários e vantagens.

Não foram poucos os profissionais contratados por ele, que após a falência da antiga construtora a qual estavam vinculados, foram demitidos sumariamente, assim que o mega--construtor verificou o fechamento da empresa.

Na administração da Construtora Varella não havia espaço para sentimentalidades, muito menos compaixão.

Tudo era regido por dados, por estatísticas.

Um dos fatos que ganharam espaço nos jornais de grande circulação foi o suicídio de um talentoso arquiteto.

O profissional de arquitetura vinha se revelando um surpreendente inovador das formas e linhas.

Assim que Varella tomou conhecimento dos projetos inovadores do talentoso arquiteto, acionou sua máquina predadora para contratá-lo.

Entretanto, aqueles que trazem a marca do talento também carregam em seu perfil o idealismo de quem deseja fazer algo diferente da grande maioria.

O jovem profissional das linhas e traços revolucionários recusou o convite.

Para Varella a negativa constituiu-se numa afronta grave.

Valendo-se de todo seu conhecimento nos meios empresariais, ele iniciou terrível perseguição contra aquele que tivera coragem de não vender seu idealismo em troca de um alto salário.

Procurou banqueiros com os quais mantinha estreito relacionamento e negócios particulares.

Com alguns tinha financiamentos vultosos, conseguidos em negociatas onde lograra vencer concorrências públicas.

A perseguição perdurou por vários meses, até que o jovem profissional de arquitetura fragilizado e sem dinheiro cometeu o atentado contra a própria vida, suicidando-se.

Um jornalista tomou conhecimento do caso e iniciou cuidadosa investigação denunciando o fato na imprensa.

O jornalista assinou sua própria condenação, pois Varella moveu toda sua influência para que o repórter fosse demitido, não mais encontrando espaço para trabalhar.

Naquela manhã a reunião definiria o poderoso salto da construtora Varella para os negócios internacionais, pois representantes do mundo árabe haviam demonstrado interesse em se associar a grande construtora para faraônicos projetos em Dubai.

Tudo estava acertado, nada podia dar errado.

Sua assessoria havia elaborado junto a uma famosa agência de publicidade uma campanha que iria ao encontro dos interesses árabes.

Varella esfregava suas mãos, sentado à mesa girando sua poltrona presidencial como se fosse o dono do mundo.

Em sua mente já gozava antecipadamente os benefícios do novo contrato.

Certamente aquele passo lhe abriria as portas da Europa e da África, depois sim, finalmente chegaria na América, seu ideal maior.

Ainda sentaria a mesa com Donald Trump, o mega construtor americano, para discutir negócios.

A secretária chama pelo telefone dizendo que a delegação árabe havia chegado.

Por outra linha ele aciona sua assessoria técnica que entra antecipadamente por outra porta.

Ritualisticamente ele caminha até a enorme parede de vidro do seu escritório e contempla a grande metrópole a seus pés.

Sorri enigmaticamente sentindo-se no topo do mundo.

A torre empresarial do seu escritório fora construída por sua empresa e a Construtora Varella ocupava todo o último andar do imponente edifício.

Na parede contrária a de vidro, um quadro chama a atenção.

Adquirida em concorrido leilão na Áustria a tela muito grande era utilizada como painel e sua moldura confundia-se com a parede, fazendo com que, as pessoas imaginassem que a magnifica pintura tivesse sido feita na própria parede.

Embora o grande empresário fosse ateu e descresse de tudo, a pintura do expressivo painel tinha a imagem de Jesus Cristo.

Pintura rica em detalhes fazia parecer que os olhos marcantes da imagem parecessem estar vivos, tal a expressão delineada em cada traço.

No rodapé da marcante personagem da história da humanidade estavam grafados os seguintes dizeres em língua alemã: "TU ME AMAS?".

Varella voltou-se para o quadro e num tom de zombaria afirmou em voz alta:

— Nem se você voltasse hoje a Terra, conseguiria me impedir de conquistar o mundo!

Alguns assessores que já estavam ingressando na sala ouvem as palavras do presidente e silenciam.

Os árabes entram e são recepcionados calorosamente.

Num inglês fluente, Varella atraiu para si todas as atenções.

Os acontecimentos seguem o protocolo conforme o mundo dos negócios.

O vídeo da campanha é apresentado e os empresários árabes se encantam com os ambiciosos projetos e propostas do grupo Varella.

Entretanto os árabes surpreendem Varella, pois a proposta deles era mais ambiciosa ainda.

O investimento seria de alto risco, pois absorveria praticamente todo o capital de giro da Construtora Varella.

Diante de tão grande desafio Varella pediu a suspensão momentânea da reunião para ouvir seu corpo jurídico e financeiro.

Assim foi feito e a reunião foi suspensa por quarenta minutos.

Depois...

— Negócio fechado! – Ele fala dando a mão em cumprimento efusivo ao representante da delegação árabe.

A notícia da associação da construtora Varella ao grupo internacional, causou enorme repercussão na imprensa nacional e estrangeira, e imediatamente as ações da construtora na bolsa de valores tiveram forte alta.

Nos dias que se seguiram as ações do Grupo Varella se mantiveram no topo do mundo.

O aporte de capital era vultoso e obviamente, os órgãos

de controle financeiro do país acompanhavam tudo com muito cuidado.

Varella foi convidado para ir a Capital Federal, prestar alguns esclarecimentos a respeito das movimentações financeiras que estavam sendo feitas, e que ainda seriam realizadas.

Em Brasília o grande construtor obteve apoio a todos os projetos, pois a lisura dos documentos era incontestável. Não obstante essa verdade, Varella ainda contava com o apoio de alguns políticos patrocinados por ele há muito tempo, sempre prontos a defender seus interesses.

Tudo caminhava conforme as mais positivas expectativas, e parecia ser mais uma perfeita operação de crescimento do grupo empresarial.

REALIDADE

Três meses depois...

Uma das condições para o início das operações em Dubai, era o aporte de capital milionário para instituição financeira indicada pelos árabes.

Tudo checado, transação financeira realizada.

Faltava a chancela do governo do Qatar.

As horas foram passando e Varella acompanhava todos os passos do seu escritório no Brasil.

Devido à demora no "ok" dos governantes, Varella decidiu acionar seus influentes contatos no setor financeiro internacional.

A resposta dada a ele era de que o depósito não havia sido feito.

O impacto foi violento e assustador:

— Como assim? – ele indaga ao telefone.

Ele aciona juntamente com seu corpo jurídico os órgãos competentes no Oriente Médio.

Os profissionais rastreiam toda a operação e não conseguem entender como aquilo teria acontecido.

O dinheiro havia desaparecido como num passe de mágica.

A notícia caiu como uma bomba no mercado financeiro.

O escândalo era de grandeza mundial.

Um grupo criminoso muito bem infiltrado nas redes financeiras elaborou um plano de roubo com proporções inimagináveis.

Era o maior golpe financeiro da história.

Varella de mega empresário, da noite para o dia, vira motivo de chacota em todo meio empresarial.

Por onde ele andava podia-se ouvir os risos irônicos ecoando e o martirizando.

Ele perdera o chão.

Mesmo ladeado por competentes profissionais, ninguém iria imaginar que a transferência financeira fosse desviada sem deixar o menor rastro.

Hackers foram contratados e por mais que investigassem o sistema operacional nada se conseguira descobrir.

Empresários do mundo inteiro estavam assustados e procuravam novos mecanismos operacionais a fim de proteger seus negócios, afinal de contas, ninguém sabia onde a organização criminosa iria atacar novamente.

A Interpol foi acionada, Varella e sua assessoria, foram

interrogados.

A polícia apresentou a ficha dos mais conhecidos estelionatários internacionais, tudo em vão.

Todos intrigados, nenhuma pista, ninguém fora preso.

Os bancos centrais de vários países iniciaram injunções junto aos órgãos de segurança, para proteger suas instituições financeiras.

Varella estava derrotado e desmoralizado.

É claro que para uma pessoa menos gananciosa ele ainda tinha um patrimônio pessoal, que lhe garantia uma vida relativamente confortável.

Mas como encarar aqueles que para ele sempre foram seus inferiores.

A imprensa noticiava com letras garrafais em suas manchetes:

"TUBARÃO DA CONSTRUÇÃO CIVIL VIRA SARDINHA NAS MÃOS DE ESTELIONATÁRIOS INTERNACIONAIS"

Algumas medidas necessitavam ser tomadas.

Diminuição de custos, como desocupar o último andar da torre do imponente centro empresarial.

Em seus últimos momentos em seu escritório, Varella deteve-se diante daquele quadro de traços significativos e leu a frase aos pés do Cristo: "TU ME AMAS?"

Enquanto ele ficava ali parado refletindo, carregadores passavam às suas costas levando algumas peças decorativas e do mobiliário.

A situação lhe obrigara a demitir um grande número de funcionários.

As questões trabalhistas também dilapidaram o pouco

patrimônio em espécie que ele tinha em conta bancária.

Coincidentemente algumas ações contra ele chegavam a termo nos tribunais, e derrotado, ele se via condenado a pagar vultosas indenizações.

Naquele momento, tudo concorria contra ele.

Em vão buscou ajuda de alguns profissionais para impedir que a justiça lhe bloqueasse as contas e investimentos financeiros.

Os problemas se avolumavam cada vez mais.

A esposa que ele sempre mantivera a margem das colunas sociais, por temer a violência como sequestros e coisas assim, agora também sentia a repentina queda da qualidade de vida.

De comportamento fútil, estava acostumada a gastar muito dinheiro em joias e prazeres sem medida, agora ela reclamava contra a contenção de despesas.

Em pouco tempo ela, o abandonou.

Varella estava sitiado emocionalmente pelo sentimento de fracasso, e cada vez mais, algumas ideias sinistras lhe assomavam a mente.

Suicídio, sim, talvez fosse essa a solução.

Se me mato terminam a vergonha e as dívidas.

O nada trazido pela morte é melhor do que a vergonha de viver sem os meus negócios!

O nada me fascina!

Pequenos pensamentos infelizes passaram a se tornar constantes tempestades íntimas.

Varella não conseguia compreender como em poucos meses, ele passou de maior empresário da construção civil, a um engenheiro civil arruinado.

Agora ele vivia rotineiramente acabrunhado e na solidão.

Os "amigos" o abandonaram.

Tudo perdera o sentido, de que vale a vida sem as benesses que o dinheiro pode comprar?

Como seguir vivendo sem o meio social em que estava acostumado?

É melhor a certeza do nada, do que viver como um nada, a margem de todo prazer que o dinheiro pode comprar!

Dar fim a vida, é isso!

Com a morte, não sofrerei mais as angústias da pobreza.

Esses eram os pensamentos recorrentes na mente de Varella, pensamentos que cada vez mais ganhavam força e tendiam a se materializar.

SUICÍDIO

O desconforto emocional só fazia aumentar e Varella tinha imensas dificuldades de conciliar o sono.

Alimentava-se muito mal, a barba por fazer dava-lhe um aspecto cadavérico.

Agora o pensamento suicida era uma constante em sua mente, e não raras vezes ele passava muito tempo a elaborar o final da própria existência.

Ganhava cada vez mais força em sua mente, a ideia de se atirar da alta torre, do edifício onde seu orgulho reinou soberano durante os últimos tempos.

"Sim, porque não?... Vou me lançar do topo do edifício onde fui feliz!"

Na noite em que deveria retirar apenas as coisas de uso

pessoal do escritório Varella decidiu dar fim à vida.

Esperou que todos saíssem e dirigiu-se lentamente ao parapeito.

O desconforto íntimo o atormentava.

O vento frio da noite de São Paulo cobriu-lhe o rosto e leve arrepio percorreu suas costas.

Ele olhou para o céu estrelado e quase perdeu o equilíbrio.

Conseguiu recobrar o domínio sobre o corpo.

Milhões de pensamentos corriam céleres em sua mente.

Parecia ouvir vozes...

E uma delas ecoou forte trazendo-o de volta a realidade:

— Dr. Varella! O que faz aí?

Ele se vira instintivamente e diz:

— Não se aproxime, ou eu me atiro...

A voz que interpelava o falido empresário era da faxineira.

Mais assustada do que Varella, a funcionária atira a vassoura para o lado e sai assustada, chamando pelos seguranças.

Em breve tempo o antigo escritório estava tomado de pessoas e a polícia foi chamada.

Varella chorava descontroladamente no parapeito.

A grande avenida da capital paulista, que tinha trânsito em duas pistas, teve uma delas interditada, pois o corpo de bombeiros isolou o local.

Passava um pouco das vinte horas, e a notícia era transmitida ao vivo em horário nobre pelos telejornais.

Havia um homem no parapeito do prédio ameaçando se jogar.

O numero de curiosos aumentava, minuto a minuto.

Experientes negociadores tentavam dissuadir Varella daquele ato tresloucado.

De um edifício em frente, uma emissora de TV começou a transmitir o fato ao vivo para todo o país.

A câmera de TV conseguiu focar o rosto daquele homem, e depois de algumas informações dadas pela faxineira a identidade do suicida foi revelada.

O ex-presidente das organizações Varella estava prestes a se matar.

Na calçada, diversos personagens do cotidiano fitavam o alto do edifício aguardando pelo desfecho.

Um homem de estatura mediana, roupas simples se junta a aglomeração e pede informações sobre o que está acontecendo.

Ele fica sabendo que um ex-empresário queria por fim a própria vida.

— Foi traição da mulher... – diziam uns.

— Isso é uso de drogas... – afirmavam outros.

— É falta de Deus no coração... – outros mais afiançavam.

O prédio estava isolado por fitas amarelas fixadas pela polícia.

O recém-chegado se dirige calmamente a porta do edifício e é barrado por um oficial militar:

— É proibida a passagem...

— Preciso falar com o homem que quer se matar...

— Você é profissional da área médica e foi chamado? – indaga o policial.

— Vim por livre vontade! – o homem fala serenamente.

O olhar envolvente daquele homem causa certo desconforto ao policial, que não consegue compreender, pois lhe falta força para barrar o estranho e envolvente personagem.

O oficial parecia estar hipnotizado.

Sentindo-se convencido por uma força estranha, o militar estende o braço em direção à porta de entrada liberando a passagem do estranho homem.

Com passos decididos ele caminha pelo saguão do edifício e se dirige ao elevador.

A porta se abre e ele aperta o botão para o último andar.

Varella está irredutível e os negociadores tem muita dificuldade em convencê-lo a mudar de ideia.

O delegado presente tenta confabular com um psicólogo:

— O que vamos fazer?

— Nesses casos devemos ficar conversando calmamente e vencê-lo pelo cansaço!

Nesse momento a porta do elevador se abre, e aquele homem de perfil enigmático caminha em direção ao grupo de pessoas.

Todos se entreolham surpresos.

— Quem é você?- o delegado Laerte pergunta.

O homem vem em direção as pessoas, mas para surpresa geral ele passa direto e caminha para onde se encontra o candidato a suicida.

— Não se aproxime... – Varella ameaça.

Silêncio...

O delegado contempla a cena, furioso.

O psicólogo meneia a cabeça negativamente reprovando a atitude daquele homem.

Um religioso que fora chamado para usar os recursos da fé para dissuadir Varella da tresloucada intenção fala assustado:

— Agora só Deus para salvar esses dois malucos!

O corajoso personagem vai em direção a Varella que assustado ameaça novamente:

— Vou me jogar!

— Tenho certeza que você não vai pular...

A fala daquele homem atordoa Varella.

Os personagens que assistiam o diálogo insólito ficam perplexos.

Varella desconcertado balbucia:

— Co... como você sabe? Eu vou me atirar e é agora...

Varella se vira para o vazio e se posta ameaçadoramente.

— Você não tem coragem de se jogar dentro de si mesmo! Como quer que eu acredite que tens coragem de se atirar daqui de cima. Te faltam convicções até mesmo para ser suicida...

Varella recua e olha para aquele provocador que parecia ser mais louco do que ele.

— Você já deve ter pensado mais de um milhão de vezes coisas do tipo: E se existir vida além da vida? E se eu continuar vivo? Será que eu posso viver como pobre? Onde estão os meus amigos influentes que não me ajudaram a reconquistar tudo que eu tinha? Eu poderia ficar aqui com você enumerando uma imensa lista de pensamentos que ficam indo e vindo dentro da sua cabeça atormentada.

Enquanto falava o recém-chegado aproximou-se um pouco mais de Varella e sentou-se no parapeito do prédio e se pôs a balançar as pernas como criança. E sorrindo enigmaticamente prosseguiu:

— Se você não tem convicções suficientes para viver, quem pode imaginar que as tenha suficientes para morrer?

Varella estava atordoado e confuso com aquelas palavras.

— Você sabe com quem está falando? – o orgulho de Varella se manifesta na indagação.

— É claro que eu sei com quem estou falando?

Varella agora se senta no parapeito ajeitando-se estupefato.

E o estranho continua:

— Estou falando com mais um dos muitos prisioneiros desse mundo...

— Prisioneiro... eu?

— Sim, você é mais um dos milhões de alienados, que se mantém preso e escravizado a tudo que impede a criatura humana de pensar e ser feliz...

— Sou uma pessoa muito influente...

— Sua influência significa ser melhor que os outros, dominar, manipular. É isso que você chama de influência?

Varella emudeceu.

Nunca em sua vida alguém tivera a coragem de falar assim com ele.

Duas lágrimas grossas lhe correram pela face.

As pessoas que acompanhavam o diálogo incomum,

também se encontravam aparvalhadas com o que ouviam daquele homem esquisito.

Num lampejo de lucidez Varella indaga:

— O que você quer de mim, o que você faz?

— Quero te ensinar, algo muito especial para sua vida...

— Mas o que você faz? – Varella insiste.

— Eu ouço estrelas!

— Você é completamente maluco... – Varella afirma.

— Esse homem é louco! – o religioso diz fazendo o sinal da cruz.

— Como é que alguém pode ouvir estrelas?

— É preciso apurar os ouvidos do coração para ouvi-las! Vim te fazer um convite...

— Que convite?

— Venha comigo que eu vou te ensinar a ouvir e entender as estrelas!

Varella coça a cabeça desconcertada, logo ele que estava acostumado a frequentar as rodas do poder pelo mundo afora. De repente ele se via nu em sua alma. Estava fazendo um papel ridículo em rede nacional.

A sua sanidade seria colocada em dúvida.

De que lhe valeu ter tanto dinheiro e influência junto a políticos e banqueiros?

Ele estava ali diante de um maluco que o convidava a ouvir estrelas.

Olhou para baixo e sentiu medo, olhou para o lado e o personagem lhe sorria, pois parecia saber exatamente o que se passava dentro de sua cabeça.

Ainda atordoado indagou:

— Como devo chamá-lo?

— Me chame como desejar...

Varella fita-o intensamente e diz:

— Professor... é isso... vou chamá-lo de professor...

Vencido, Varella abaixou a cabeça e o curioso personagem aproximou-se estendendo a mão.

O ex-empresário se deixa conduzir e eles saem da situação de risco.

CONFUSÃO

Varella caminha em direção ao delegado Laerte e todas as outras pessoas, que assistiram ao desfecho surpreendente da tentativa de suicídio.

O Professor caminhava ao lado do ex-suicida com profunda serenidade e respeito.

O delegado de maneira truculenta advertiu:

— Vocês dois vão ter que me acompanhar a delegacia...

Um socorrista ali presente fala contemporizando:

— Ele precisa passar por uma avaliação médica! – aponta para Varella.

— Eu estou bem, só um pouco atordoado...

— Mesmo assim – insistiu o médico – é melhor nos acompanhar.

— O senhor também vai para a delegacia! – o delegado afirma colocando a mão no ombro do Professor.

— Mas por que eu devo ir à delegacia?

— O senhor interrompeu a nossa ação de resgate e colocou a vida dele em risco! – afirmou apontando para Varella.

— Mas ele não está bem agora? – indagou o Professor com acentuado respeito na voz.

— O senhor deu foi muita sorte, ele podia ter se atirado, mas mesmo assim, vai ter que me acompanhar.

— E se eu não quiser lhe acompanhar?

— Então eu lhe darei voz de prisão agora! – advertiu o delegado.

— O senhor vai me prender? – perguntou o Professor com simplicidade.

— Vou prendê-lo agora por desacato... – e dizendo isso, pegou a algema que trazia presa em seu cinto e prendeu-a na mão direita do Professor.

Com olhar sereno, ele diz com voz mansa, olhando nos olhos do delegado:

— O senhor também está preso delegado!

— O que foi que você disse? – a voz do representante da lei já se alterava demonstrando descontrole.

— Eu disse que o senhor também está preso! – ele respondeu sem afetação.

Os olhos do delegado soltavam chispas de cólera e ele ameaçou avançar para agredir o Professor.

— Como tens coragem de me dizer que estou preso?

— Não estou lhe desrespeitando, o senhor é um prisioneiro do sistema, do desequilíbrio e da raiva...

O delegado avermelhou totalmente sem graça, e dizendo alguns impropérios pediu a um policial civil que levasse aquele homem dali.

Varella foi conduzido pela maca e todos desceram por um dos elevadores do grande edifício.

Assim que o pequeno grupo ganhou a rua uma verdadeira multidão começou a aplaudir.

Mas logo as palmas cessaram, pois algumas pessoas começaram a questionar o por quê da prisão do homem que havia salvado o suicida.

O delegado e o policial que o acompanhava foram cercados pelo povo.

O Professor algemado estava com as mãos para trás, pois aceitava com resignação aquele desconforto.

A emissora de televisão havia transmitido o diálogo daquele homem com o ex-empresário.

Na transmissão, a rede de TV utilizara um leitor de lábios para decodificar o diálogo entre Varella e o Professor.

Ninguém conseguia entender a razão daquela prisão.

E aos gritos de solta..., solta..., solta... o delegado foi sentindo-se acuado e temeroso.

Uma das repórteres presentes aproveitou o momento e indagou colocando o microfone próximo aos lábios do homem preso:

— O que o senhor disse ao Dr. Varella que o fez desistir de se suicidar?

Com a mesma serenidade de sempre, ele respondeu:

— Eu disse a ele que o ensinaria a ouvir estrelas...

— O Senhor pode repetir o que disse? – a repórter novamente indaga acreditando não ter compreendido a resposta anterior.

— Eu disse que o ensinaria a ouvir estrelas!

Voltando-se para o delegado, acreditando que o responsável pela salvação do Dr. Varella era um homem desprovido de sanidade mental, a repórter pergunta:

— Delegado Laerte, por que esse homem que salvou a vida do Dr. Varella está sendo levado para a prisão?

Assim que as câmeras se voltaram para seu rosto o delegado respondeu ajeitando a gravata:

— Ele está sendo preso por desacato a minha autoridade...

— Eu posso dizer o que aconteceu... – a voz era de Varella que da maca acenava para a repórter.

O silêncio era total, e a grande multidão acompanhava com interesse as perguntas da repórter e as respostas das personagens daquela situação inusitada.

O delegado ia dizer mais alguma coisa quando a jornalista caminhou até a maca e indagou:

— Dr. Varella, o senhor pode nos contar o que aconteceu lá em cima?

— Tive um surto de covardia, loucura e aquele homem, – fez breve pausa devido a emoção – o Professor, salvou-me!

— Mas como ele fez isso?

— Me fez pensar, resgatou meu senso de raciocínio...

— Mas ele disse que ouve estrelas, é isso? O senhor confirma essa afirmação dele?

— Confirmo sim, ele me disse que vai me ensinar a ouvir estrelas...

A repórter olha para a câmera desconcertada e se refazendo da resposta surpreendente indaga:

— Qual foi crime de desacato, para que o seu salvador, saia algemado daqui?

Varella pensa e percebe que depois de tudo que já havia feito de errado na vida, depois de tantas falcatruas e negociatas, depois de prejudicar a vida de tanta gente, pela primeira vez ele tinha a oportunidade de ser bom e honesto para alguém. Ele olha para o Professor, e este o encara com extremo brilho no olhar. Então ele se vira para a repórter e volta seus olhos para o delegado e afirma:

— Esse homem não fez nada demais!

O delegado fica lívido e Varella prossegue:

— O Professor apenas afirmou que o delegado ia levá-lo preso, mas que na verdade o delegado é quem vivia aprisionado pelo sistema e pelas convicções equivocadas a respeito da vida! Nessa hora o delegado ficou nervoso e deu voz de prisão ao Professor que não reagiu, e muito menos foi desrespeitoso.

Todos os olhares se voltam para o delegado e a repórter vai até ele e indaga:

— É isso mesmo delegado?

Constrangido ele fala entredentes:

— Mais ou menos...

— Então não há motivos para a prisão desse homem?

O povo aplaudiu e começou a gritar:

Solta... solta... solta...

Sem ação, o delegado faz um sinal de cabeça para o policial que abre as algemas e deixa livre o herói da noite.

Varella é levado de maca para um hospital próximo e rapidamente aquele homem que o salvara desaparece em meio à multidão.

Naquela noite toda a imprensa noticiou o fato que agitou a grande cidade.

E as chamadas noticiosas diziam:

HOMEM QUE DIZ OUVIR ESTRELAS SALVA EMPRESÁRIO DO SUICIDIO!

A imagem do novo herói da cidade tornou-se pública.

Varella foi examinado pelos médicos que diagnosticaram apenas estresse emocional.

Ainda naquela noite saiu do hospital e o mais rápido possível foi em busca do Professor.

Seu coração lhe pedia irresistivelmente para procurar aquele homem singular.

Mas, onde encontrar?

Onde ele mora?

O que ele sabia e seu coração lhe revelava a cada instante era sua necessidade de beber daqueles conhecimentos e simplicidade.

Seu coração, antes tão agarrado apenas a posse e as posições sociais ansiava por coisas novas e verdadeiras.

O Professor certamente tinha muito a lhe ensinar nesses novos caminhos, nessas novas descobertas.

A PRISÃO

Definitivamente Varella resolveu procurar pelo homem que o havia resgatado do momento mais difícil em sua vida.

Embora sentisse em seu coração muita tristeza e apego a tudo que perdera, os acontecimentos daquela noite lhe trouxeram muitas inquietações, mas acima de tudo inúmeras perguntas para as quais apenas o Professor tinha a resposta certa. A maneira como ele o havia desafiado no alto do edifício marcara sua vida pra sempre.

Como alguém pode ouvir estrelas?

Como aquele homem lhe desnudara a alma daquela forma?

Suas convicções foram atiradas ao vento como bolhas de sabão.

Sentia-se como uma criança, pois todos os valores que houvera cultivado durante sua vida perderam o sentido.

E que coragem daquele homem ao afirmar que o delegado também era um preso.

Um encarcerado pelo sistema!

Com a cabeça explodindo de dúvidas e inquietações Varella percorria o centro da grande cidade.

Estava um tanto temeroso, pois aquela região era frequentada por viciados, traficantes, prostitutas, jovens e crianças abandonadas.

Não estava acostumado a se expor naquelas bandas, principalmente naquela hora.

Confuso com tantas coisas a lhe fustigarem o coração, ele entrou por uma rua pouco iluminada.

A cena diante dos seus olhos era constrangedora, muitas pessoas a consumir drogas.

Ele apressa os passos e procura sair dali o mais rápido possível.

Nesse momento uma mulher o aborda de mãos estendidas:

— Pode me dar algum trocado?

Varella fica paralisado diante da recém-chegada e por alguns instantes fica sem ação.

O inusitado da situação o envolve e ele ergue os olhos enxergando-se nos brilhantes olhos daquela mulher maltratada pelo vício.

Seu corpo é tomado de uma emoção avassaladora.

Aqueles olhos não lhe eram estranhos, aquela face... De onde reconhecia aquele rosto?

Imagens embaralhadas lhe confundiam a cabeça.

Num breve flash mental, uma recordação, pareceu lembrar-se daquela mulher junto com outras pessoas na porta da antiga torre onde era seu elegante escritório.

Ou teria sido em um tribunal?

Ele balança a cabeça aturdida, desejoso de coordenar as ideias, em vão, a memória não ajudava.

A voz dela ecoa novamente despertando-o dos escombros de si mesmo.

— Pode me dar alguns trocados... – ela insiste.

Varella revira os bolsos e retira uma nota de R$20,00 depositando-a nas mãos encardidas da mulher.

Contemplando o valor da nota os olhos dela brilham.

Então ela indaga:

— Quer que eu retribua o dinheiro de alguma forma...?

Varella constrange-se, pois ela se aproxima dele, e com medo empurra-a para o lado e corre amedrontado.

Com rapidez ele passa ao lado de um homem sem conseguir gravar a sua fisionomia.

— Para onde vai com tanta pressa...?

Aquela voz era inesquecível!

Ele estanca a corrida e se volta indagando:

— É você... Professor?

O personagem que lhe resgatara do alto do edifício sorri e pergunta:

— Onde vai com tanta pressa?

Ofegante pela pequena corrida, Varella responde tomando fôlego:

— Aquela mulher – ele aponta a jovem que agora estava

ao lado de outro homem comprando pedras de crack – tentou me agarrar...

— Aquela é Marina, uma das estrelas apagadas na vida pelo uso de drogas...

— Você a conhece? – o ex-empresário questiona.

— Sim... conheço... como conheço muitos desses que se encontram aqui morrendo aos poucos...

Sem dominar a própria curiosidade, Varella segue indagando:

— O que um homem como você procura num lugar como esse?

— Estrelas para ouvir...

Novamente aquele homem estranho provoca Varella de maneira enigmática.

— Estrelas para ouvir?

— Sim, procuro estrelas para ouvir, para conversar... como faço com você agora!

No instante em que Varella iria fazer uma nova indagação ocorreu uma agitação nos dois extremos da rua.

De um lado e de outro chegam muitos policiais.

Os usuários de drogas se assustam e tentam correr, em vão, eram muitos militares e todo grupo é acuado.

Um cordão humano feito pela polícia circunda a todos.

Varella e o Professor ficam junto ao grupo de usuários; todos os homens, mulheres, jovens e crianças.

A voz de um oficial se faz ouvir com gravidade, coordenando as ações da lei:

— Fiquem todos em fila indiana... – com truculência ele ameaça – Andem logo, pois vou levar todos para a cadeia...

Varella olha para o Professor e comenta:

— Não é possível... é o delegado Laerte...

O Professor permanece em silêncio.

A fila se forma e um a um todos vão passando pela triagem.

— Tem documentos? – indaga o policial.

Varella tira do bolso o documento e entrega ao oficial.

O delegado Laerte se aproxima e o reconhece;

— Ora... ora, mas se não é o nosso suicida do dia...

— Olá delegado... – Varella cumprimenta sem jeito.

E logo atrás de Varella, o Professor surge para surpresa do delegado.

Ao perceber que o próximo da fila era o salvador do empresário, o delegado dispara com ironia:

— Mas o dia hoje é muito especial, ou melhor, a noite promete muito...

Os olhos do delegado brilhavam intensamente carregados de rancor e raiva.

Num gesto enigmático o delegado esfregou as mãos e comentou com o policial que analisava os documentos:

— Finalmente vamos descobrir quem é esse homem que diz ouvir estrelas, o delegado estende a mão e diz – passa o documento seu desocupado!

ESTRELA MARINA

No instante em que o Professor coloca a mão no bolso, um corpo cai ao chão.

As outras pessoas afastam-se abrindo uma roda em torno do corpo caído.

Era Marina que parecia sofrer um desmaio.

Varella ao contemplar aquele quadro pavoroso sente uma profunda emoção em sua alma que não consegue entender ou explicar.

Logo ele, tão avesso a essa gente que vive na rua.

Sentiu um impulso incontrolável e correu em direção à mulher caída.

Sentou-se ao chão, colocando a cabeça dela no colo.

Marina revirava os olhos e torcia a boca num quadro

horrível.

— Largue ela aí... – gritou o delegado Laerte, e completou – é só mais uma que vai morrer para dar menos trabalho. Voltem para a fila...

Ninguém conseguia se mexer.

Nesse exato momento, decididamente o Professor caminhou em direção a Varella e Marina, e ajoelhando-se no chão surpreendeu a todos.

Ele coloca a sua mão direita sobre a fronte suarenta da mulher agonizante e começa a dizer palavras que ninguém compreende.

Parecia uma oração.

Varella emociona-se sobremaneira pensando:

"Quem é esse homem, esse Professor, que não se furta a ajudar as pessoas à sua volta?"

O delegado Laerte observa a cena e tenta intervir, mas surpreende-se com o que vê.

A mulher antes moribunda vai recobrando a respiração que antes estava ofegante.

A face suarenta vai demonstrando alívio e as feições vão tornando a normalidade.

Varella não entende o sentimento que lhe vai ao coração opresso.

Marina abre os olhos e diz:

— Onde estou?

Em volta, toda aquela gente maltrapilha sorri e todos aplaudem a reação de Marina.

O delegado Laerte fica sem entender, e o policial que recolhia os documentos, emocionado, deixa escapar uma lágrima pelo canto dos olhos.

Marina se levanta com ajuda de Varella e do Professor que sorri com simplicidade.

— Chega desse show por aqui, todos em fila para entregar os documentos! – ordena o delegado.

— O que você fez? – Varella indaga baixinho.

— Não fiz nada...

— É claro que fez, ela se recuperou de uma overdose... Como conseguiu fazer aquilo? – ele insiste.

— Eu conversei com as estrelas e pedi a ajuda delas...

— Você é louco de verdade! – afirma Varella balançando a cabeça.

— O que vocês dois tanto conversam? – o delegado pergunta curioso.

— Nada demais... – Varella disfarça sem graça.

— Obrigado... – a voz era de Marina que recomposta também aguarda na fila de identificação.

— O que você fez com ela? – Laerte pergunta com a voz carregada de cólera.

— Nada demais...

— Como nada demais, está me achando com cara de bobo?

— Não delegado...

— Então me explica ou acabo com a tua raça!

— Essa mesma truculência com que o senhor fala comigo colaborou para afastar seu filho da sua vida!

O delegado Laerte fica lívido com as palavras daquele homem estranho. Como ele podia saber das dificuldades que ele enfrentou no relacionamento com seu filho? E mais ainda, como descobriu que ele teve um filho?

— Você é um bruxo? Quem pensa que é para falar da minha vida?

E perdendo o controle, o delegado dá um tapa no rosto do Professor.

Nesse momento, um dos policiais presentes intervém alertando o delegado que a cena estava sendo presenciada por muita gente.

— Não convém se expor assim... – alerta o policial – outra hora você dá um corretivo nele!

Laerte se recompõe, mas antes de se afastar aproxima os lábios do ouvido do enigmático homem e diz:

— Vais me pagar bem caro pela ousadia!

Criando maior embaraço, o Professor aproxima seus lábios do ouvido do delegado e afirma:

— Seu filho pede pra lhe dizer, que por ter sido agredido assim, foi que ele saiu de casa...

— Levem esse louco daqui agora!!! – o delegado berra descontrolado.

Os pensamentos do delegado o deixam de cabeça tumultuada, como aquele homem poderia saber de coisas da sua vida em família que todos desconheciam. E ele dizia a si mesmo:

"Quando eu estiver sozinho com ele na delegacia vou fazê-lo falar, nem que pra isso tenha que matá-lo! Ele não perde por esperar. Quero saber que tipo de bruxaria ele pratica para conhecer o que se passa na vida das pessoas!"

E chamando um investigador de sua confiança fala com ironia:

— Lucas, você vê aquele homem estranho ali na fila?

— Vejo sim, o que você quer que eu faça?

— Quando chegarmos à delegacia faça com que ele seja colocado na cela do Varejão. E peça para o pessoal da cela dar uma lição nesse cara! Entendeu Lucas?

— Pode deixar Delegado! Ele vai aprender algumas coisinhas na área vip! – e sorrindo o investigador se afasta.

— Ei você! – Laerte chama acenando para Varella.

Ele se volta para o delegado saindo da fila.

Laerte se aproxima e fala colocando a mão no ombro do ex-empresário:

— Você está dispensado, pode sair da fila.

— Mas... mas eu quero ir com ele...

— A perda da sua fortuna lhe tirou o juízo também?

— Não Delegado, eu não perdi o juízo, talvez agora eu esteja adquirindo a consciência do que é a vida verdadeiramente. Perdi muito tempo embriagado pela loucura dos prazeres e da riqueza. Quando eu estava no parapeito daquele prédio pensando em acabar com a vida estava em estado de franca loucura. – e apontando para o Professor afirma – Aquele homem promoveu meu parto, sei que ainda estou longe de nascer, mas toda dor que estou sentindo já me faz antever uma nova visão do mundo, uma nova visão da vida!

E fazendo breve pausa, pousa os olhos no céu estrelado e fala com amargura:

— Sempre tive os olhos fixos no dinheiro e não me lembro de um dia, melhor dizendo, não me lembro de ter visto céu tão estrelado como esse dessa noite...

— Vá pra casa homem... Estás desmiolado como aquele

que vai ali!

Olhando agora fixamente para o delegado Varella fala em tom grave:

— Percebi que o Professor lhe incomoda muito Delegado...

— O que você quer dizer com isso? – Laerte indaga interrompendo-o.

— Vejo que o Delegado alimenta raiva daquele homem, quero lhe pedir para não prejudicá-lo, caso contrário...

— Estou sendo ameaçado?

— Não é uma ameaça, mas vou ficar de olho no que acontecer. Assim que encontrar um telefone vou ligar para uma das pessoas a quem devo pedir perdão, ele é advogado, vou solicitar a ele que entre com uma ação pedindo a liberdade do Professor urgentemente...

— Não brinque comigo Varella... Posso ser perigoso quando quero!

Varella nunca havia experimentado uma situação tão desconfortável como aquela, mas não titubeou falando com seriedade:

— Aquele homem não fez nada para estar sendo levado, nós dois sabemos disso. Ele salvou minha vida e vou retribuir ajudando-o!

— Não cruze meu caminho... – Laerte fala de dedo em riste.

Os dois se entreolham por alguns instantes e Laerte vira as costas para Varella.

O ex-empresário fica ali parado por alguns minutos e volta a si partindo em passos rápidos.

NA CADEIA

Mulheres e homens foram levados para a delegacia e aqueles que não tinham registro tiveram que dar o nome se identificando.

Como dependentes do uso de drogas a legislação não permitia que todos ficassem presos.

Eram muitos os viciados, e depois de algumas horas todos foram liberados, menos o Professor, pois foi separado do grupo assim que chegou, e arbitrariamente levado para uma cela.

O carcereiro leva-o por um corredor escuro, úmido e diante de uma cela fétida o detém.

O barulho do molho de chaves soa como música sinistra naquela hora da noite.

Depois de manusear várias chaves finalmente a correta é identificada e o cadeado aberto.

O carcereiro empurra a pesada porta de ferro, que range em gonzos estridentes.

Surpreendendo o carcereiro, o Professor entra voluntariamente no interior da cela.

Eram muitos homens em espaço tão diminuto.

O silêncio se mantém e um homem alto e forte salta do beliche superior postando-se frente a frente com o recém-chegado.

* * *

No pequeno apartamento o silêncio imposto pelo repouso dos moradores é interrompido pela campainha insistente do telefone celular.

— Já vai... Já vai... Coçando sonolentamente os olhos de maneira a espantar o sono interrompido, um homem de aproximadamente trinta e cinco anos arrasta o chinelo pela sala e num incontido bocejo atende o telefone que havia deixado na sala – Alô...

— Arnaldo é você?

Impaciente e irritado ele responde:

— Se você ligou para o meu telefone, é claro que sou eu né?

— Desculpe Arnaldo, sou eu Varella...

— Dr. Varella?

— Deixa o doutor pra lá... Me chame de Varella apenas...

— Acho que o senhor está maluco em ligar na minha casa a uma hora dessa! Onde está o orgulho do grande empresário? O homem que se sentia dono do mundo? Na certa deve estar querendo fazer comigo o que fez com meu pai, não é?

Varella ouvia tudo envergonhado e triste, pois sabia que o que aquele homem lhe dizia era a mais pura verdade. Em muitas ocasiões ele fizera isso mesmo, iludiu, enganou, trapaceou, tudo em nome do lucro fácil.

E pensava:

"Estou ouvindo o que mereço, ele tem razão. Mas se estou disposto a mudar tudo isso em minha vida e ajudar o Professor, preciso ter coragem a partir de agora. Por mais dura que sejam as palavras dele, vou ouvir em silêncio."

Numa atitude inesperada por seu interlocutor, ele diz:

— Preciso lhe pedir perdão...

Arnaldo surpreende-se ouvindo aquelas palavras vindas da boca daquele homem orgulhoso que destruiu a vida do seu pai.

E surpreendido, ele se mantém silencioso e Varella fala com tom humilde e envergonhado na voz:

— Por favor, perdoe todo mal que lhe causei, estou precisando de ajuda... Decidi mudar minha vida e para isso estou procurando as pessoas que prejudiquei. – Varella sente as palavras faltarem devido a emoção que o envolve, mas prossegue - Sei que seu pai era um homem muito bom e em muitas vezes, o humilhei. Não foram poucas as situações que ele buscou me aconselhar sobre minhas atitudes e decisões erradas. Sentia-me surpreso com a conduta dele que jamais usou do conhecimento que tinha sobre as leis para me auxiliar nas tramoias que eu fiz. Eu o pagava como o mais experiente advogado do meu corpo jurídico, exigindo que ele desse um jeito qualquer, que burlasse a lei, não me interessava como, para beneficiar os meus negócios. E ele sempre paciente e correto me aconselhava a atender a legislação. Ainda me lembro da frase que caracterizava sua conduta profissional, dizia ele: "Dr. Varella, a melhor maneira de se beneficiar da lei é se utilizar da própria lei". Mas eu não estava preocupado em agir corretamente...

Alguns soluços foram ouvidos do outro lado da linha telefônica. Arnaldo recordando-se do comportamento sempre correto de seu pai chorou com saudade profunda na alma.

E Varella também emocionado prosseguiu:

— Tomei a liberdade de pedir seu telefone a um conhecido para o qual liguei nessa noite. Decidi começar agora a pedir perdão aos que prejudiquei de alguma forma. Sei que você tem todas as razões para desligar o telefone na minha cara, mas venho pedir sua ajuda para outra pessoa. Um homem especial, que em poucas horas me trouxe de volta a vida, me refiro a vida verdadeira, uma vida com sentido, com respeito ao semelhante. – a voz embarga e Varella agora soluçava.

— Enquanto você falava, eu me recordava do meu pai e me perguntei intimamente: O que papai faria se estivesse no meu lugar?

Varella ficou em suspense ouvindo as palavras de Arnaldo, que pelas notícias que tinha do jovem advogado agia da mesma maneira que o pai. Seus pensamentos são interrompidos pela decisão do rapaz.

— Dr. Varella, tenho certeza que meu pai iria lhe ajudar, e é por ele que vou lhe prestar ajuda...

Varella não podia acreditar no que ouvia, mas intimamente sentia imensa vergonha, pois percebia que a retidão de caráter do jovem advogado era a mesma de seu pai, retidão que ele nunca tivera na condução dos seus negócios.

— O que está acontecendo para que me telefones a essa hora?

Ele custa a se recompor:

— Pode falar Dr. Varella, eu vou lhe atender! – Arnaldo insiste.

— Horas atrás tive mais um desatino em minha vida, pronto a cometer suicídio, quando fui salvo por um homem especial...

Rapidamente Varella descreveu com intensa emoção e incontidas lágrimas o contato e as situações vividas desde que conhecera o Professor.

— Onde o Sr. está agora?

— Me encontro próximo ao centro da cidade...

Eles agendam o encontro para a próxima hora, a fim de se tomar as primeiras providências.

A madrugada corria solta no escoar dos minutos, e em breve tempo, o jovem advogado entra em um táxi e parte para encontrar Varella.

VOLTAR DA ESCOLA

Aquele preso truculento não assustou o Professor que silenciosamente fitava-o com serenidade.

Alguns segundos que pareceram horas se seguiram a troca de olhar entre eles.

Os outros presos ficam em profunda expectativa, pois sabiam que Varejão como patrão da cela não se apiedava daqueles que chegavam.

Na verdade, o respeito que Varejão gozava extrapolava as grades daquela cela, pois seu estreito relacionamento com o delegado Laerte lhe garantia algumas regalias.

— Você vai fazer a faxina da cela e cozinhar pra gente, entendeu?

O Professor mantinha-se sereno e em silêncio, e isso incomodou profundamente Varejão.

— Você ouviu o que eu disse, ou é surdo?

Novo silêncio...

Varejão perde o controle e saca um punhal, encostando--o no rosto do recém-chegado.

Ele encosta sua boca no ouvido do Professor, e com a mão direita ameaçadoramente encosta a ponta da fria lâmina na face do estranho personagem.

— Entendeu o que eu disse?

O Professor aproxima sua boca do ouvido de Varejão e fala calmamente de maneira fria:

— Seu pai me pede para lhe dizer que ainda espera que voltes da escola...

Assim que ouviu as palavras do novo companheiro de cela Varejão recuou atemorizado.

Fita os brilhantes olhos do Professor e fala com profunda insegurança e sem tanta arrogância:

— O que foi que você disse?

De olhos fixos em Varejão ele repete, agora com tom normal em sua voz:

— Seu pai me pede para lhe dizer que ainda aguarda sua volta da escola...

Varejão sente as pernas tremerem, o punhal cai ao chão, e uma sucessão de imagens desfila em sua mente.

Ele volta no tempo e o rosto amigo do seu pai lhe surge sorrindo.

Da mãe ele não tinha muitas lembranças, pois ela morreu quando ele ainda era pequenino.

Depois da morte da sua mãezinha o pai passou a criá-lo

com profunda dedicação e carinho.

Homem honesto e trabalhador, Dario, esse era seu nome, procurava atender a todas as necessidades do filho.

Carinho, dedicação e amor, eram essas as marcas e maiores lembranças do pai.

Dario desdobrava-se em cuidados para criar David, esse era o nome verdadeiro de Varejão, com extremado amor.

Mas veio a adolescência e embora todo zelo de Dario, David envolveu-se com drogas e péssimas amizades.

Alguns vizinhos alertaram Dario, diziam eles que durante suas jornadas de trabalho David se juntava a outros jovens e fazia uso de drogas dentro da própria casa.

Dario perdeu a paz a partir daquele dia, mas decidiu acreditar no filho.

Certa tarde, tomado de tristeza que não sabia explicar de onde nascia, retornou mais cedo para casa. E infelizmente experimentou terrível dor em sua alma, pois o fato narrado pelos vizinhos era mesmo verdade.

David procurou se justificar de todas as formas e o coração de Dario, ferido, chorava lágrimas de desesperança.

Dia e noite ele se indaga sobre o erro que cometera na educação de David.

Buscou ajuda, se esforçou no diálogo, amou com todas as forças da sua alma.

Passou a trabalhar em horários alternados para estar junto com o filho mais tempo.

Como último recurso pediu a aposentadoria antecipada, sim, ele acreditava que se dedicasse tempo integral ao seu menino, certamente iria ajuda-lo a deixar as drogas e os amigos indesejáveis.

A aposentadoria chegou e Dario passou a se dedicar com mais entrega, como se isso fosse possível, aos cuidados de David.

Alguns meses depois David saiu de casa para ir à escola.

Como sempre fazia, Dario afagou os fartos cabelos encaracolados do filho e beijou-lhe a fronte.

Sentiu vontade imensa de confortá-lo junto ao peito, e o fez.

Acompanhou-o até o portão e ficou lá parado até ver o filho dobrar a esquina.

A tarde passou e Dario nem percebeu o correr das horas, pois estava ocupado com os afazeres domésticos.

Ele olhou no relógio e passava das seis horas, pensou:

"Engraçado, já era para o David ter chegado em casa".

A agonia começava, hora após hora seu coração se angustiava.

Pediu ajuda aos vizinhos.

Ficou ali no portão contemplando a esquina por onde o vulto do filho desaparecera, por horas a fio.

Uma vizinha compadeceu-se vendo pela janela aquele pai alta madrugada a esperar pela volta do filho.

Um dia, mais uma noite, mais um dia, outra noite...

Na escola ele não esteve na tarde do desaparecimento, os colegas de classe não sabiam de nada.

A polícia foi procurada, nenhuma notícia.

A primeira semana... E Dario a esperar...

David inconsequentemente se entregou ao vício de maneira desenfreada.

Ele evitava pensar no pai.

No entanto seu coração se envolvia em saudades ao lembrar do desvelo e amor que o paizinho lhe dedicava.

Seis meses se passaram e num raro momento de lucidez David, agora conhecido como Varejão pelo submundo das drogas, resolveu procurar o pai.

Veio pela mesma esquina, tantas vezes contemplada por Dario, a espera da volta do filho.

Deteve-se em frente ao portão da casa.

Tentou abrir, mas não conseguiu, estava trancado.

Ele força o portão e ouve uma voz às suas costas:

— David...

— Dona Cora... – era a vizinha.

— Ele não está mais aí...

— Meu pai mudou?

— Sim David, ele mudou...

— A senhora pode me dar o endereço?

— Infelizmente seu pai morreu...

David ficou paralisado por alguns minutos em estado de perplexidade.

Dona Cora convidou-o a acompanhá-la até sua casa para um lanche, mas ele pareceu estar fora de órbita.

De repente, partiu em desabalada carreira, como a fugir de algo.

Daquele dia em diante ele procurou se refugiar nas drogas e no crime, porque na verdade, tentava fugir de si mesmo, do remorso que o consumia em forma de lembrança e da saudade do pai.

E não foram raras as noites em que David sonhou com o

pai e no sonho Dario lhe falava:

— Estou esperando você voltar da escola...

A VERDADEIRA PRISÃO

Os companheiros de cela estranhavam o comportamento de Varejão, pois o patrão da cela parecia estar vacilando.

Ele estava aturdido, de onde aquele homem o conhecia? E como ele sabia de algo que só ele e o pai tinham conhecimento?

O Professor observava-o com respeito, até que quebrou o silêncio dizendo:

— Muito antes da sua prisão atrás dessas grades que nos cercam, você já estava encarcerado dentro de si mesmo!

Varejão não conseguia reagir, não havia o que ser dito.

E o Professor prosseguiu com gravidade na voz:

— As prisões exteriores se tornam realidade com a construção das prisões interiores.

Agora todos os presos ficaram atônitos.

O que aquele louco vindo da rua estava dizendo?

Era o pensamento comum.

E ele prosseguiu:

— O que nos leva as penitenciárias de concreto são as prisões emocionais nas quais nos lançamos voluntariamente. Os vícios, a preguiça...

— O que você está querendo dizer com isso? – um dos presos interrompeu-o questionando.

O Professor virou-se para seu interlocutor e sorrindo de maneira emocionada continuou:

— Quero dizer que nos trancafiamos em celas mentais com as escolhas que fazemos na vida. E depois que ficamos presos desejamos prender as pessoas junto conosco. Quando "amamos" desejamos prender o ser amado aos nossos caprichos. Desejamos tirar a liberdade das pessoas e se possível, fazer com que elas pensem exatamente o que queremos. Vivemos presos em celas de preconceitos, algemados ao orgulho, ao ódio...

O silêncio permaneceu por alguns minutos, até que um dos presos tentou argumentar:

— Eu estou aqui preso fisicamente, mas o meu Senhor me libertou! Ele morreu por mim, deu seu sangue pra me salvar!

O Professor ouviu tudo com profundo respeito e afirmou com seriedade:

— Ninguém pode fazer por nós o que nos cabe realizar em benefício da própria evolução. O homem é livre quando respeita o direito de ser diferente do seu semelhante e o ama assim mesmo. Nossas descobertas são nossas, nossas experiências com Deus não são, e nunca serão, as experiências alheias. Quem pode dizer que conhece verdadeiramente a Deus pela vivência de terceiros? Existem homens encarcerados em cadeiras de rodas, em leitos hospitalares, ou mesmo em cadeias, mas que promoveram a própria libertação por descobrir que só o amor destituído de rótulos é que liberta. Um coração que ama é fruto de uma mente livre dos conceitos de outras pessoas. Não existe pior prisão do que o remorso que é invariavelmente filho do orgulho ferido.

Os presos ficaram estupefatos quando Varejão começou a chorar na frente deles.

O que estaria acontecendo ali, o dono da cela, o preso mais respeitado daquela delegacia estava chorando.

Que poder tinha aquele homem para tornar uma criança o temido Varejão.

Naquele momento, a ascendência do Professor sobre os presos era incontestável.

— Você quer me perguntar alguma coisa? O Professor indaga, respeitosamente dirigindo-se a Varejão.

Totalmente emocionado pela lembrança do pai ele não se importa mais com sua reputação diante dos outros presos e pergunta:

— Onde está meu pai agora?

E a resposta vem de chofre, imediata e contundente:

— Ele está ao seu lado, desejando te abraçar e dizer que te ama, assim como ele fazia quando acariciava seus cabelos, prendendo os dedos entre eles.

Como aquele homem podia saber que realmente era assim que seu pai fazia?

Varejão, aturdido e emocionado rendeu-se as palavras do Professor.

Aranha, o braço direito de Varejão no comando da facção que comandava a prisão perguntou desconfiado:

— O que ele diz é verdade Varejão?

— Cara, - ele responde ao comparsa – é tudo verdade, meu pai me tratava assim mesmo, e todos os dias quando eu voltava da escola, lá estava o velho me esperando no portão...

Aranha assustado fez o gesto da cruz dizendo:

— Deus me livre dessas coisas...

O Professor se aproxima de Varejão e com olhar significativo, fala mansamente:

— Posso te dar um abraço?

Todos aqueles homens estavam acostumados a agressão e pancadaria de todas as formas, mas a abraços, era o tipo de comportamento que não fazia mais parte do mundo deles. Abraçar? Isso é loucura!

Varejão sente grande desconforto e fica sem graça.

— Quando foi que você recebeu um abraço pela última vez? – quis saber o Professor.

Varejão busca em suas lembranças e mais uma vez se emociona, foi seu pai quem lhe abraçou pela ultima vez.

Conhecedor do comportamento humano, o Professor aproveitou-se da oportunidade e fragilidade de Varejão.

Postou-se diante do temido preso e como recolhesse uma criança nos braços, abraçou-o como se fosse seu pai.

E um dos presos deixou escapar o comentário:

— Sinistro tudo isso...

Varejão ficou com os braços estendidos ao longo do corpo, aos poucos foi sentindo a confiança se estabelecer em sua alma.

Então ele ergueu os dois braços e abraçou o Professor, que nesse momento envolveu-o com mais força no abraço.

Varejão não percebia, mas seu pai em espírito estava abraçando-o com intensas lágrimas através do recém-chegado.

Após aquele momento cada qual dos presos foi para um canto da cela e o Professor falou:

— Todos vocês estão presos na saudade dos sentimentos e amores que tiveram ou não. Muitos sentem saudade de pais que nem conheceram. Saudades de sonhos de família feliz, de amores que não conheceram, mas que aqui nessa cela fedorenta ainda pensam em encontrar. Saudade dos abraços que não foram dados, e daqueles que nunca mais vão voltar. Mas eu lhes digo, é possível ser livre e feliz nas coisas simples e belas da vida. As coisas complexas em que os homens tentam ser como Deus é prisão de loucos. O bom da vida é ouvir estrelas!

— E como é que se ouve estrelas Professor? – indagou Zezão, outro preso.

— Estou a ouvi-las agora, pois elas falam comigo!

Todos os presos num gesto mecânico procuram aguçar os ouvidos, como se para ouvir estrelas bastasse silenciar.

— Ouçam... – ele pediu.

— Não estou ouvindo nada... – Zezão reclamou.

— Não se ouve estrelas com os ouvidos, é preciso ouvi-las com o coração, sentir e ouvir... Elas falam somente com o nosso coração. Preste atenção ao seu coração, aos seus melhores sentimentos, então ouvirás estrelas!

— Zezão... – Varejão fala – arrume o beliche para o Professor dormir essa noite...

— Mas nós não íamos dar uma surra nele?

— Já apanhamos bastante, foi ele quem nos deu uma surra...

— E quando é a dele...

— Chega Zezão, cale a boca e arrume o beliche... vamos dormir...

Zezão apontou o andar de cima do beliche, para que o Professor pudesse dormir.

Varejão deitou-se, no que foi acompanhado por todos.

O Professor de olhos fixos no teto da cela adormeceu, assim como todos.

LIBERDADE

— Muito obrigado pela compreensão...

— Está tudo bem Dr. Varella...

— Por favor, me chame apenas de Varella, não sou doutor ou senhor...

— Tudo bem! – Arnaldo concordou – Mas me explique o que aconteceu com esse homem, qual é mesmo o nome dele?

— Eu não sei o nome dele, o tenho chamado de Professor, um professor de vida, um ser humano especial...

— Professor de vida?

— Sei que é estranho, mas te conto tudo a caminho da delegacia.

— E você sabe qual é a delegacia para onde ele foi levado?

— Nós estávamos no centro da cidade, Arnaldo. Ele foi para delegacia central, pelo menos é o que a lógica no diz!

— Então caminhemos para lá, estamos a quatro quadras dela, podemos ir a pé mesmo.

— Certo Arnaldo, e obrigado mais uma vez!

— Está tudo bem Varella...

Os dois seguem a passos apressados e o dia já amanhecia.

Pelo caminho, Arnaldo se surpreende com a narrativa de Varella acerca do estranho Professor.

Na delegacia...

— Gostaríamos de ver um homem que foi detido ontem a noite.

— E qual o nome dele? – o policial de plantão indaga.

Arnaldo vira-se para Varella e este se adianta dizendo:

— Ele foi detido com o grupo de viciados em crack na blitz dessa madrugada.

— Todos os detidos foram liberados, nenhum ficou preso...

— Tem certeza policial? Arnaldo questionou curioso.

— Absoluta, mas tenho aqui a ficha das últimas detenções, se informar o nome dele poderei averiguar!

— O problema é que não sabemos o nome dele... – Varella desconcertado comenta coçando a cabeça. – Foi o mesmo que me resgatou da tentativa de suicídio na tarde de ontem, ele ficou conhecido como Professor.

O policial dá uma gargalhada dizendo:

— Desse jeito fica difícil... e olhando para o escrivão de plantão indagou: – Você fichou algum Professor?

— É evidente que não, nunca vi ninguém se chamar apenas Professor...

Nesse momento ouve-se uma grande gritaria vinda do interior das celas da delegacia.

E um coro de vozes gritava:

— Soltem o Professor! Ele não fez nada para estar aqui, não cometeu nenhum crime!

E o barulho só fazia aumentar.

Um dos policiais ligou para o delegado titular, que em poucos minutos chegara à delegacia.

Arnaldo e Varella não arredaram pé do distrito.

Assim que a gritaria começou eles tiveram certeza que os policiais haviam mentido a respeito do Professor. A vida dele certamente corria algum risco.

Assim que Laerte chega e toma ciência da situação Varella pede para falar com ele.

Em principio ele não quer atender, mas Varella ameaça chamar a imprensa.

— Sabemos que ele está preso arbitrariamente e isso é crime... – Varella fala calmamente.

Arnaldo ao lado intervém afirmando:

— Delegado Laerte peço que libere esse homem, pois o senhor sabe que se trata de uma pessoa inocente.

— Preciso verificar o que está acontecendo, pois não sei de quem estão falando, mas se houve alguma prisão injusta, não foi com o meu consentimento. Se isso for verdade libero esse homem agora e vou abrir inquérito para apurar responsabilidades...

Varella olha para o delegado que mal disfarçando o desconforto se retira para o interior da delegacia.

Chegando em frente a cela vê Varejão ao lado do Professor e os dois pareciam ter amizade.

Curioso, Laerte indaga:

— E então Varejão, por que não fez a jogada como te foi pedida?

— Não pude fazer isso, ele é um homem especial...

— Quem diria que você, logo você, virasse um frouxo!

Delegado e prisioneiro se entreolham com ódio e ressentimento.

Laerte dá de ombros e volta para sua sala.

Totalmente contrariado ele coloca as duas mãos sobre a cabeça e diz pra si mesmo:

— Esse cara está me dando muito trabalho, mas ele vai me pagar todo esse desconforto que me vem causando, ele não perde por esperar...

Laerte caminha até a porta de sua sala e grita para um investigador:

— Lucena! Manda entrar o Varella e o advogado...!!!

Rapidamente eles adentram a sala do delegado e ele numa fingida situação dissimula:

— Vocês tinham razão, não é que o homem foi detido, mas a detenção era provisória segundo eu apurei, ele seria solto agora pela manhã...

Arnaldo e Varella se entreolham e optam pelo silêncio para não agravar a situação.

Novamente Laerte vai a porta e grita:

— Lucena... Traga-me aqui na sala o Professor de estrelas... Querem um café?

— Não obrigado! – Eles respondem quase ao mesmo tempo.

— Aqui está o homem, doutor... – Lucena entra na sala com o Professor.

— O senhor está livre para ensinar as pessoas a ouvir estrelas, pode ir...

Varella segura no braço do Professor, e os três saem rapidamente da delegacia.

Já na rua movimentada...

— O que você pretende fazer? – Varella indaga.

— Seguir minha vida ensinando as pessoas a ouvir estrelas!

Arnaldo observa curiosamente aquele singular personagem e indaga:

— Como faço para aprender também a ouvir estrelas Professor?

O Professor fita-o carinhosamente e diz:

— Para ouvir estrelas é preciso escutar a vida... as pessoas... as crianças... os loucos... os poetas... e acima de tudo ouvir o próprio coração!

— Mas na prática, tem algum segredo?

— O segredo é fechar os ouvidos do corpo e abrir os ouvidos do coração... Escutar os apelos da sua alma, das coisas simples que trazem o amor para nossas vida!

Arnaldo e Varella se entreolham curiosos.

O Professor agradece a ajuda recebida e sai caminhando calmamente.

Varella e Arnaldo observam aquele homem se afastar e após breves segundos...

— Vou com ele! – Varella fala e parte.

Arnaldo se indaga:

"Que estranho personagem era aquele, que em um mundo moderno, onde as pessoas se matam por migalhas quer ensinar as pessoas a ouvir estrelas?"

Desde que tomou contato com aquele homem teve sua curiosidade desperta. Questionava-se a respeito de seus próprios valores com relação à vida.

Inquieto e desejoso de aprender mais ele não resistiu e...

— Esperem... Vou também...

NOVAS SURPRESAS

Varella aproximou-se do Professor, no que foi imitado por Arnaldo.

Embora a curiosidade que as ações daquele homem lhe traziam, o homem velho, as opiniões conflitantes visitavam sua mente amiudadas vezes.

Logo ele, uma pessoa que experimentou os prazeres do dinheiro e do poder, um ser humano que sempre teve todos os seus desejos satisfeitos, agora estava ali, seguindo um outro homem que aos olhos da maioria devia ser maluco.

Como pode alguém em sã consciência afirmar que ouve estrelas?

Tudo isso e muito mais passava pela mente de Varella.

Que força irresistível era aquela que lhe impelia cada vez

mais para a companhia daquele homem.

Se ele era louco ou não, era o que menos importava, mas as posições e opiniões do Professor cada vez mais lhe emocionavam.

Uma coisa era certa, depois de conhecê-lo na tarde da loucura e da tentativa de suicídio, sua vida nunca mais seria a mesma.

Os posicionamentos e pensamentos do estranho homem eram loucamente saudáveis, lúcidos.

Varella acreditava que aquela loucura dava sentido a vida, pois de uma coisa ele tinha certeza, não era o poder do mundo, ou prazer que o mundo oferece que toca o coração fazendo-o feliz. O que dá sentido a vida é o insondável, que na maioria das vezes sensibiliza o coração.

Após essas elucubrações em sua mente, que só faziam fervilhar, o Professor para na praça movimentada no centro da grande cidade.

— Professor... Arnaldo arrisca chamar.

Ele se vira e sorri carinhosamente.

— Para onde iremos?

— Para onde eu vou, você quer dizer!

— Desejo seguir com você para aprender a ouvir estrelas... – Arnaldo diz com simplicidade.

— A escolha é sua, é sempre você quem decide sua vida, mas pode vir comigo...

— Gostaria de ouvir estrelas...

— Está disposto a pagar o preço?

— Qual preço? – curioso Varella indagou.

— Ora... para ouvir estrelas é preciso sair do rebanho dos

alienados...

— Rebanho dos alienados? – Varella e Arnaldo indagaram ao mesmo tempo.

— Sim... A grande maioria não tem coragem de se desgarrar do rebanho humano e aprender outros saberes.

— E o que significa isso Professor, existem saberes desconhecidos pelo homem? Alguma ciência nova da qual ainda não se tem notícia?

— Significa que comportamentos padronizados limitam a vida e empobrecem os homens, pois todos nasceram para ouvir estrelas, mas estão surdos. A maioria não ouve o próprio coração, prefere ouvir os modismos e o apelo dos prazeres que gritam em todos os momentos levando o homem a se enclausurar no egoísmo!

— Padrões de comportamento? – Arnaldo questiona.

— Cada ser é um universo de virtudes, defeitos e necessidades, pois cada um tem sua própria história construída ao longo do tempo. Quando nascemos os modelos estão prontos e cada um procura viver dentro do padrão comportamental que lhe é apresentado. As pessoas são violentadas por si mesmas todos os dias. A maioria trabalha no que não gosta, faz o que não quer só para obter dinheiro e posição, status social... Depressivos, estressados, frustrados, se todos parassem para ouvir o próprio coração certamente suas vidas seriam bem melhores.

Ele faz uma pausa e Varella faz nova pergunta:

— Mas como eu faço para ouvir meu coração agora?

— Não vou dar receita pronta, preste atenção em você e irá descobrir como se ouve a voz do coração!

— Mas você não disse que iria nos ensinar? – Arnaldo obtempera.

— Prestem atenção na vida e em vocês mesmos, e no que acontece a sua volta. Nas contrariedades, nos sentimentos que visitam o vosso coração, e nos pensamentos que povoam vossas mentes!

Os dois se entreolham mais uma vez.

Sentiam-se desafiados por aquele homem.

Ele silencia e observa as pessoas a sua volta.

Do outro lado da praça um homem juntava verdadeira multidão fazendo certa pregação.

O Professor caminha até a aglomeração e se põe a ouvir a pregação.

Dizia o homem:

"Há um poder misterioso indefinível que permeia tudo, sinto-o apesar de não o ver.

É esse poder invisível que se faz sentir e ainda desafia toda a prova, porque é tão diferente de tudo o que vejo através dos meus sentidos. Ele transcende os sentidos.

Mas é possível questionar a existência de Deus até um certo ponto.

Mesmo em assuntos comuns, sabemos que as pessoas não sabem quem as governa ou por quem e como são governadas e ainda assim sabem que há um poder que, certamente, vai regendo.

Na minha viagem do ano passado em Mysore eu conheci muitos aldeões pobres e percebi que eles não sabiam quem governava Mysore. Eles simplesmente disseram que algum Deus governava.

Se o conhecimento dessas pobres pessoas era tão limitado sobre os seus governantes, eu que sou infinitamente menor em relação a Deus, não me surpreendo se não perceber a presença de Deus - o Rei dos Reis.

No entanto, sinto-me, como os aldeões pobres se sentiam sobre Mysore. Que não há ordem no universo, existe uma lei inalterável que rege tudo e todos os seres que existe ou vidas.

Não é uma lei cega. Nenhuma lei cega pode governar a conduta do ser vivo. E graças as pesquisas maravilhosas de Sir JC Bose pode agora ser provado que até mesmo a matéria é a vida.

Essa lei, que rege toda a vida é Deus. E a lei e o legislador são um. Eu não posso negar a lei ou o legislador, porque eu sei tão pouco sobre ela ou ele. Assim como minha negação ou a ignorância da existência de um poder terrestre de nada me vai valer, tal como a minha negação de Deus e sua lei não vai me libertar de sua operação.

Mas a sua aceitação humilde faz com que a jornada da vida seja mais fácil, tal como a aceitação da lei terrena torna a vida mais fácil.

Eu percebo vagamente, que enquanto tudo ao meu redor está sempre mudando, sempre morrendo, lá está - subjacente a toda a mudança - um poder vivo que é imutável, que mantém todos juntos, que cria, recria e se dissolve.

Esse poder que dá vida em forma de espírito é Deus, e já que nada do que eu vejo apenas através dos sentidos pode ou vai persistir, só Ele é.

E é esse poder benevolente ou malevolente? Eu vejo

isso como puramente benevolente, pois posso ver que no meio da morte a vida persiste, no meio da mentira a verdade persiste, no meio das trevas a luz persiste.

Assim entendo que Deus é vida, luz, verdade. Ele é amor. Ele é o Bem supremo.

Mas Ele não é um Deus, que apenas satisfaz o intelecto, se é que ele o faz.

Deus para ser Deus governa o coração e transforma-o. Ele deve expressar-se em cada pequeno acto do Seu devoto.

Isso só pode ser feito através de uma compreensão definitiva, mais real do que os cinco sentidos - que podem sempre produzir percepções. As percepções dos sentidos, podem ser - e muitas vezes são - falsas e enganosas, por mais reais que possam parecer para nós. Quando há compreensão para além dos sentidos esta é infalível.

Está provado, pela conduta e pelo caráter transformado daqueles que sentiram a presença real de Deus dentro si. Tal testemunho encontra-se nas experiências de uma linha ininterrupta de profetas e sábios em todos os países. Rejeitar esta evidência é negar-se a si mesmo.

Esta compreensão é precedida por uma fé inamovível. Aquele que é, em sua própria pessoa a prova viva da presença de Deus pode fazê-lo por uma fé viva. Uma vez que a própria fé não pode ser provada por indícios exteriores o caminho mais seguro é acreditar no governo moral do mundo e, portanto, na supremacia da lei moral, a lei da verdade e do amor. O exercício da fé vai ser o mais seguro, onde há uma clara determinação sumariamente a rejeitar tudo o que é contrário à verdade e amor. Confesso que não tenho nenhum argumento para convencer através da razão. A fé transcende a razão. Tudo o que eu posso aconselhar é a não tentar o impossível. " [1]

A pequena multidão ficou embevecida com o discurso daquele homem franzino e calvo.

Sua aparência de extrema fragilidade, escondia uma alma gigante de profunda espiritualidade.

O Professor sorriu, Arnaldo emocionado com aquela pregação perguntou:

— Professor, como pode um homem do povo, com esse aspecto de fragilidade dizer coisas tão bonitas e profundas como essas?

Mais uma vez o Professor sorri com intenso brilho nos olhos, e responde com generosidade:

— Todos os seres humanos são filhos de Deus, cada um vive a experiência que lhe é própria. Você imagina que a sabedoria é atributo dos aquinhoados pela riqueza? Você acredita que apenas os diplomas acadêmicos podem trazer sabedoria ao homem? Deus está no povo, em cada criatura, em cada estrela humana.

Varella não contém a emoção e deixa que algumas lágrimas banhem seu rosto.

Intimamente ele se pergunta:

Mas, o que era a vida que levei até então? O que me fez feliz em todo esse tempo? Possuir dinheiro? Possuir pessoas? Agora vejo que ser rico é ser sábio na compreensão da vida e de todo contexto que a cerca. Eu não era feliz, eu era um cego da alma e do coração.

No meio da pequena multidão o pregador distribuía

---

[1] Discurso de Gandhi em Londres em 1931.

abraços e atenção.

Aos poucos as pessoas foram se dispersando e o homem franzino ia se retirar passando ao lado deles.

Nesse momento o Professor o interpela respeitosamente indagando:

— Qual o teu nome homem?

O mirrado ser sorri e responde:

— Meu nome não tem importância, mas vou lhe dizer, é José Gandhi da Silva, sou um homem que gosta muito de ouvir estrelas, de falar com as pessoas sobre a vida e a paz. Meu pai era seguidor da doutrina da não violência e em homenagem a Gandhi me deu esse nome.

Após dizer o nome o pregador partiu feliz.

O que chamava atenção naquele homem, além do discurso perfeito era a túnica, o cajado, toda indumentária igual a que sempre foi usada pelo líder indiano.

Arnaldo e Varella sorriram.

— Ele é louco, Gandhi morreu anos atrás... e ele quer imitar o verdadeiro Gandhi! – Varella afirmou.

O Professor virou-se para seus seguidores e disse com ternura na voz:

— Mas a pregação dele foi lúcida, foi amorosamente racional, não foi?

Os dois concordaram.

E ele completou:

— As pessoas precisam prestar mais atenção na lucidez dos loucos para poder ouvir estrelas. Jesus Cristo morreu há séculos atrás e até os dias de hoje milhões de criaturas querem seguir seus ensinamentos. Jesus crucificado com os braços abertos lembra uma estrela, concordam comigo? Alguns olham para a cruz e veem sofrimento, outros veem uma estrela chamada esperança.

Os dois seguidores do Professor ficaram parados pensando, um tanto desconcertados.

MARINA

Para onde iria agora aquele homem? – Varella se indagava.

Todos os seus conceitos sobre a vida caiam por terra à medida que os fatos se sucediam.

Por vezes, as cenas que ele contemplava chocavam-se frontalmente com toda ideia que ele tivera da vida.

Como alguém poderia estar feliz sem ser rico?

Varella lembrou-se de alguns fatos e isso de certa forma o incomodou muito. Recordou-se daquele arquiteto talentoso que ele perseguiu e agora tinha certeza, que se não fora a perseguição imposta por ele certamente o jovem de talento estaria vivo. Uma onda de remorso e vergonha lhe invadia a alma.

Quantas pessoas ele prejudicou?

Não sabia dizer, mas assim como fez com Arnaldo, pedindo perdão e tentando reparar um pouco do mal que fizera, faria também com quantas pessoas tivesse oportunidade de encontrar novamente.

Seu coração parecia ter despertado de um longo sono promovido pela cegueira do orgulho.

Varella despertou daquelas reminiscências quando Arnaldo perguntou-lhe:

— Qual será a próxima lição que esse Professor vai nos dar?

— Não faço a mínima ideia, mas deixar de segui-lo nesse momento, nem pensar!

Eles caminhavam ao lado dele até que o Professor parou diante de um edifício.

Significativamente ele contempla o prédio de cima até embaixo e entra.

Os dois, o seguem.

Ele chega à recepção e pergunta:

— Gostaria de visitar Marina, ela foi trazida para um período de tratamento junto com outras pessoas!

— Essa paciente vai ser liberada, e em poucos minutos deve estar saindo daqui!

— Você a conhece? – ele indagou com acentuado respeito na voz.

— Quem não conhece a história da Marina?

A atendente ia continuar a narrativa, mas a figura depauperada de Marina surge no final do corredor que terminava na recepção.

— Lá está ela... – aponta a atendente.

— E pra onde ela vai saindo daqui? – Varella pergunta.

A atendente vira-se pra ele e fala com tristeza na voz:

— Vai voltar para a rua, para o vício, até que um dia morra em alguma sarjeta por aí...

Varella sente o coração angustiar-se e questiona.

— Como posso ajudá-la?

— Ela precisa aceitar ajuda e fazer a parte dela, desejar sair do vício. – comenta o Professor.

— E ela tem casa, tem pelo menos família?

— O que se sabe é que desde a morte de um amigo muito querido, ela abandonou-se na vida, entregando-se totalmente as drogas. – a atendente esclarece.

Marina aproxima-se, confusa e atordoada.

— Olá Marina... – o Professor a cumprimenta com ternura na voz.

Ela passa por eles e caminha em direção a rua.

O enfermeiro que a acompanhava balançou a cabeça, e entristecido comentou:

— Lá vai Marina novamente para as drogas, mas do jeito que ela está, em breve partirá dessa pra outra!

Varella sentia o peito apertar, o coração aos saltos.

Em sua mente um pensamento se repetia:

"Faça algo por essa mulher agora"!

Sem conter a emoção ele diz:

— Vou oferecer ajuda, e se ela aceitar vou levá-la pra minha casa!

Arnaldo e o Professor acompanham-no receosos, temiam por sua iniciativa.

Com passos rápidos, ele ganha a rua, olha para o lado e a vê se distanciando, então corre e a alcança.

Desorientada ela vai pela calçada.

Assim que a alcança Varella coloca a mão em seu ombro e Marina para automaticamente.

— Marina me deixa ajudar você!

Ela não responde, mas ele a toma pelo braço e ela se deixa conduzir.

— Vai leva-la pra onde? – Arnaldo fala curioso se juntando aos dois.

— Não tenho outro lugar a não ser para minha casa. De tudo que eu tinha me sobrou uma casa grande perto daqui, venham comigo!

O Professor sorriu, e meneando a cabeça positivamente concorda silenciosamente.

Varella faz sinal para um táxi e os quatro partem.

Em breves minutos eles chegam em frente a construção assobradada.

— É aqui... – Varella indica – essa casa também é a casa de vocês...

— Marina precisa de ajuda médica. – Arnaldo comenta.

Enquanto eles se acomodam Varella faz alguns telefonemas.

— Uma das poucas pessoas a quem não prejudiquei, um amigo especial que é médico estará aqui em duas horas.

Marina sentada em um sofá estava alheia ao que acontecia a sua volta.

— Ela precisa repousar! – Arnaldo comenta.

— Sim... – vou levá-la ao quarto.

Dizendo isso Varella a conduz pelo braço ao pavimento superior.

No quarto arrumado ele coloca travesseiros confortáveis e auxilia Marina a deitar-se, tirando dos pés dela o par de chinelos imundos.

Ele cerra as cortinas para que a penumbra se estabeleça e com delicadeza sai fechando a porta atrás de si.

Varella também sentia grande confusão dentro do coração, sentimentos estranhos o envolviam causando-lhe variadas emoções.

Ele volta à sala e o Professor indaga:

— Você sabe que para ajudar Marina não basta alimentá-la, é preciso de muita paciência e muito amor, além do auxílio profissional e espiritual. E, além disso, ela própria tem que querer sua ajuda.

— Eu sei de todas essas necessidades, apenas não compreendo a respeito da ajuda espiritual, como é isso?

— Essa parte é mais difícil, porque você não enxerga o que se passa na outra dimensão que acaba por influenciar o comportamento dela. Marina está sob a influência espiritual e nesse caso pode ser algum espírito que deseja vingar-se, ou levá-la a morte.

— Tenho aprendido tanta coisa com você! Mas não me peça para acreditar em espíritos. Isso é loucura, fantasia...

— Não peço a você para acreditar, pois cada um acredita no que a própria experiência lhe levou a conhecer, mas não se preocupe. Tudo tem seu tempo... O importante em tudo isso é o seu desejo de ajudar Marina.

— Confesso que esse sentimento de querer ajudá-la é maior do que eu. Desde a primeira vez que a vi naquela noite, senti vontade de me aproximar, de auxiliar. Tudo isso me confunde, pois em minha vida sempre fugi do contato de pessoas como Marina.

— Nossa indiferença pela dor alheia nos aproxima cada vez mais da nossa própria dor. É preciso ouvir mais a voz da intuição. Acho que você já está começando a fazer isso!

Varella não entendeu muito bem a última frase do Professor, e silenciou.

Meditava na sua atitude de hospedar em sua casa uma mulher que mal conhecia.

INFLUÊNCIA ESPIRITUAL

O médico, amigo de Varella chega para a visita aguarda-da.

Marina ainda dormia, anoitecia, e fazia mais de três horas que ela estava a sono solto.

— Varella, você tem um grande problema em suas mãos, pois as crises de abstinência que ela vai experimentar, isto é, se ela quiser realmente largar o vício de verdade. Pois no caso do crack são poucos os que logram abandonar o uso da pedra.

— Mas ela não tem chance nenhuma?

— Chance tem Varella, mas essa chance está intimamen-te ligada a vontade dela. O contexto de casos assim é mais abrangente do que se pensa, acredito que os componentes de um processo como esse envolvem em grande parte a estrutura psicológica da pessoa. As pessoas mais frágeis emocionalmente são as que raramente conseguem se liberar do uso de drogas. Elas são extremamente complicadas no aspecto psicológico.

— E o lado espiritual doutor, não conta? – a indagação do Professor chamou a atenção do médico, que respondeu:

— Bem, venho testemunhando a recuperação de muitas pessoas depois que se envolvem com o lado religioso. Já vi casos tidos como perdidos, que na prática da fé religiosa conseguiram dar verdadeira reviravolta.

— Então – obtemperou o Professor – a religião pode auxiliar no combate ao uso de drogas!

O médico coça o queixo e meneia a cabeça positivamente, e completa:

— Seria um erro o profissional de medicina desconsiderar a influência do lado espiritual e consequentemente religioso. – e refletindo por alguns instantes conclui: – Sugiro no caso de Marina uma internação compulsória. Uma clínica especializada, que atue no tratamento da dependência química, com suporte psicológico seria o indicado. Quanto ao aspecto religioso, eu não sou a pessoa mais indicada para falar sobre isso. Não faltam religiosos sérios que desejam de fato auxiliar. Mas devo adverti-los, em grande parte dos casos de dependência química o usuário não consegue abandonar o uso de drogas sozinho, para algumas pessoas o uso de medidas compulsórias pode lhes salvar a vida. Nesse momento não há nada que eu possa fazer, experimentem falar com ela assim que despertar.

— E porque ela está dormindo tanto? – Varella pergunta.

— Ela devia estar sob o efeito de medicamentos calmantes, pois em alguns casos é preciso "acalmar" e diminuir a ansiedade que a droga promove no usuário.

— Suas ponderações são absolutamente esclarecedoras, obrigado!

— Mas mesmo sabendo da gravidade do caso, peço que me leve até o quarto onde ela dorme, já que vim até aqui não custa examiná-la.

— Ótimo Dr. Acácio, acompanhe-me... – Varella apontou a escada que os conduziria ao pavimento superior.

Arnaldo e o Professor entreolham-se curiosos e seguem os dois até o pavimento superior.

Varella vai à frente e abre a porta.

Marina segue adormecida.

O médico aproxima-se e promove alguns exames preliminares.

Marina estava banhada em álgido suor.

Varella encontra-se aos pés da cama observando a cena, ele contempla o rosto de Marina e as emoções brotam em sua alma.

"Quem seria aquela mulher, capaz de fazê-lo experimentar sentimentos tão intensos?"

Quando o médico coloca o termômetro na axila de Marina ela abre os olhos.

Por instantes fica em silêncio, mas algo estranho acontece surpreendendo a todos.

Suas feições vão ganhando feições odientas voltadas para Varella. De olhos fixos nele, Marina vai aumentando o ritmo de sua respiração.

Dr. Acácio sorri e procura administrar a situação com calma:

— Olá Marina, meu nome é Acácio, estou te examinando, está tudo bem viu... Pode confiar...

A cena a seguir causa verdadeira perplexidade em todos os presentes.

De um salto Marina se põe de pé e pula sobre Varella, e com agilidade o derruba, e imediatamente aperta o pescoço dele com as duas mãos.

E numa fúria incontida grita:

— Assassino... assassino...

Arnaldo, o médico e o Professor, depois de muito custo e energia, conseguem dominar Marina que demonstrava força sobre-humana.

E ela prossegue aos gritos:

— Assassino... Assassino...

Rapidamente o médico ministra-lhe novamente mais alguns calmantes através de uma injeção.

Por alguns instantes ela é mantida sob a força daqueles homens, até que vai desfalecendo aos poucos e volta a dormir.

Varella assustado coloca as mãos na garganta sentindo alivio.

Ele olha para o Professor como a indagar a resposta precisa sobre o acontecido.

O Professor, demonstrando preocupação fixa em Varella os olhos lúcidos e diz:

— Parece que o seu esforço para ajudar Marina deverá

ser maior do que imaginavas Varella, pois existe mais alguém no mundo invisível que precisa ser ajudado também!

— O que significa isso?

— Significa que nossas ações no mundo tem consequência também em mundos invisíveis. E que mais dia menos dia, a lei de ação e reação promove o encontro dos que se envolveram nos dramas da vida.

— Ela nem me conhece, como pode me chamar de assassino? – e apalpando a garganta arranhada fala com convicção – eu cometi muitos erros na minha vida, mas nunca matei ninguém para ser chamado de assassino! Ela está sob o efeito das alucinações promovidas pelo uso das drogas.

— Ela está sob o efeito das drogas, ou está também sendo intérprete de algum espírito com o qual você conviveu?

Varella ouvia aquelas palavras do Professor tomado de imensa estupefação.

Seria possível aquilo? – pensava atônito.

E como se ouvisse suas indagações mais íntimas o Professor comentou:

— Cada palavra dita, cada ação praticada atingem dimensões inimagináveis pelo homem. Lançamos na atmosfera, jogamos na vida, e a vida generosamente nos devolve o que é nosso de direito, nem mais, nem menos. Tudo que temos é aquilo que ofertamos a vida. O que vai, volta, do mesmo tamanho, com a mesma força, com a mesma energia. – e ante o olhar curioso de todos concluiu – Nada nos acontece por sorteio, são nossas ações nesse mundo de energias que nos brindam com o que merecemos. Se não entende o que te ocorre em determinado momento, acalme-se, pois a vida um dia te responderá.

Arnaldo permanece mudo.

Varella abaixa a cabeça meditando.

Dr. Acácio, silenciosamente se retira pensativo.

Após alguns minutos Arnaldo indaga:

— O que faremos?

Varella observa o relógio e sugere:

— Vamos descansar um pouco... Nesse corredor temos mais três quartos, escolham a vontade e procurem repousar.

— Vou ligar pra minha casa, – avisa Arnaldo – mas vou aceitar sua sugestão, precisamos descansar desse dia agitado.

— Façamos isso! – o Professor concordou também se mantendo silencioso.

— E você Varella, não vai descansar? – indagou Arnaldo.

— Vou ficar aqui cuidando de Marina por mais algum tempo.

— Acho que ela vai dormir por um bom tempo!

— Também acredito nisso Arnaldo, mas meu coração me pede para ficar aqui.

Eles saem do quarto e Varella fica ali parado, olhando para aquela mulher que há pouco tentara lhe matar.

Ele aproxima-se da cabeceira da cama, e com um lenço na mão acaricia a fronte de Marina, de modo a secar o suor da testa.

Aproximadamente uma hora depois ele adormece sentado na cadeira ao lado da cama.

Antes de adormecer milhões de indagações tomam conta da sua tela mental:

O Professor teria razão? Existem espíritos de pessoas que conviveram comigo e querem se vingar de alguma forma? E se isso for verdade, a quem eu prejudiquei a ponto de levar a morte?

PERSEGUIÇÃO ESPIRITUAL

A madrugada ia alta quando Marina desperta.

Ela olha para o lado e não reconhece aquele homem que dormia.

Experimenta razoável lucidez.

Senta-se na cama.

Varella que dormia sentado, desperta.

Pela primeira vez, ele se vê nos olhos claros de Marina.

Ainda em silêncio pode constatar, que embora o aspecto físico denunciando a degradação trazida pelo uso de drogas ela era portadora de beleza singular.

Acostumada a ser seviciada pelos homens da rua em troca de algumas pedras de crack ela imaginava que deveria agradecer a boa cama e a acolhida pelos prazeres carnais.

Aquele homem estranho a fitava com ternura, como há muito ninguém lhe olhava.

Envergonhada, baixou os olhos.

— Você quer que eu me dispa agora? – ela indagou num sussurro já segurando a blusa de modo a tirá-la.

Varella envergonhou-se e desconcertado disse:

— Não faça isso, não desejo abusar de você...

Ela não entendia nada, pois desde que se envolvera com drogas não existiam mais limites, vergonhas, moral ou o que quer que seja.

— Desejo auxiliá-la, só isso... Você não deseja abandonar o uso de drogas...

— Eu?

— Sim, Marina... Você!

Ela fica atordoada e a frágil lucidez se esvai.

Os olhos dela parecem sair de órbita, perdem o brilho e uma voz com um tom agressivo, se faz ouvir pela boca de Marina:

— Quem você pensa que é? Seu assassino...

A voz alta rompendo o silêncio da madrugada chama a atenção de Arnaldo e do Professor.

Quase que imediatamente eles chegam ao quarto.

— Você acabou com a minha vida e agora quer roubar a minha melhor amiga...

Varella atordoa-se, quem será que está falando pela boca de Marina.

— Pode falar o que deseja... – o Professor, habilidosamente intervém no diálogo.

E o diálogo insólito prossegue:

— Eu bem conheço suas ações seu lobo disfarçado, me perseguiu até me levar a destruição e agora quer se aproximar da minha amiga...

— Quem é você? – o Professor indaga.

— Eu vou persegui-lo até a morte... Eu tinha uma vida feliz... Eu e Marina éramos amigos inseparáveis e muito felizes... Até que esse maldito me fechou todas as portas profissionais, me chamo Alexandre...

Ao ouvir aquele nome Varella recua estarrecido, era o jovem arquiteto que ele havia perseguido e que se suicidara.

— Meu Deus... – Varella fala colocando as mãos sobre a cabeça – a morte não existe... é verdade, eu o prejudiquei... me perdoe...

— Deixe a minha amiga em paz, eu iria pedi-la em casamento quando tudo aconteceu, ela é minha e eu não vou desistir enquanto ela não vier para o meu lado...

Dizendo isso o corpo de Marina dá um solavanco para trás e ela desmaia.

— Quanto mal eu fiz em minha vida...

— A questão agora, – o Professor alerta – não é o mal que você fez, mas sim o bem que pode promover. O mal se faz pela ignorância do bem. Agora você já sabe e tem consciência de que toda ação praticada tem consequências nos dois mundos.

— Ele vai me perseguir espiritualmente...

— E você deve mostrar a ele que realmente mudou e quer auxiliá-lo, assim como a Marina também!

— Professor – Arnaldo que até aquele momento estava calado indagou – O amigo de Marina quer que ela morra para estar em companhia dela do outro lado?

— Ele acha que se ela morrer vai se juntar a ele. Varella pode ter perseguido e prejudicado o Alexandre, mas o suicídio foi um erro cometido por ele mesmo. Não foi o Varella que promoveu o ato de covardia perante a vida. Na medida e no tempo certo nós responderemos pelos sentimentos que promovemos no coração alheio, mas a decisão e as atitudes são sempre nossas, portanto, se Varella errou, o Alexandre errou mais ainda se matando. Somos assim, como espíritos encarnados ou não, procuramos sempre alguém para responsabilizar pelas nossas dores. Alexandre está prejudicando Marina, ela por sua vez também tem responsabilidade pelo comportamento infantil de se atirar ao uso de drogas e a degradação da própria vida.

— O que faremos para ajudá-la? – Varella questiona ainda em clima de perplexidade.

— Você ainda deseja ajudá-la?

— Meu coração deseja fazer isso com toda força da minha alma!

— Ela precisa de ajuda profissional, necessita ser internada compulsoriamente...

— Isso requer dinheiro! – Arnaldo avisa.

Varella olha para Marina e diz com determinação:

— De toda a fortuna que tive um dia, só me restou essa casa e um carro importado, vou vender o carro e usar o dinheiro no tratamento dela!

— Por que você vai fazer isso Varella? – o Professor indaga de olhos fixos no ex-empresário.

— Vou fazer isso, porque desde que a vi pela primeira

vez naquela noite nunca mais a esqueci. E agora, depois de saber que ela era próxima do arquiteto Alexandre, a quem tanto prejudiquei, desejo mais ainda ajudar em sua recuperação.

— E o que você deseja em troca? – Arnaldo indaga o amigo.

— Não desejo nada em troca, acho que pela primeira vez em minha vida desejo apenas ajudar, só isso!

— Acho que você está começando a ouvir estrelas...

Arnaldo e Varella olham para o Professor e se emocionam com suas palavras.

Por alguns minutos o silêncio é a trilha sonora daqueles momentos decisivos.

— Vou ligar para o Dr. Acácio pedindo a ele que nos ajude na providência de uma ambulância.

— Acho que vou fazer um café! – Arnaldo avisa.

O Professor em silêncio, desce para o pavimento inferior junto com Arnaldo.

Após os telefonemas Varella se junta aos dois na cozinha.

— É preciso aguardar pelo início do horário administrativo da clínica. Dr. Acácio me informou que a própria clínica disponibiliza a ambulância para a internação. Às oito da manhã eu ligo e peço ambulância. Ainda hoje vendo o carro em uma agência de veículos importados.

A cozinha é invadida pelo cheiro gostoso do café coado.

Varella pega alguns pacotes de biscoito e pão de forma.

O Professor apanha uma toalha e as xícaras, a mesa vai sendo arrumada.

— Professor... Posso fazer uma pergunta?

Ele olha para Arnaldo e fala sorrindo:

— Pode... pode perguntar!

— Qual o seu nome, de onde veio, e como conseguiu tanto conhecimento sobre a vida?

— Minha escola é o mundo, meus livros as pessoas, e nasci do mesmo Criador o mesmo Pai que você, meu nome? Não importa, sou seu irmão, só isso!

AMOR

Após o café da manhã Varella telefona para a clínica acertando os detalhes.

— Arnaldo, por favor! Suba ao quarto de Marina e verifique se está tudo bem!

Atendendo o pedido de Varella ele vence rapidamente os degraus e empurra a porta delicadamente.

A cama estava vazia, Marina não se encontrava.

Ainda do alto da escada Arnaldo grita para os amigos:

— Ela não está no quarto, acho que ela fugiu...

Varella corre e constata a dura realidade, procura em todos os cômodos e surpreende-se ao verificar seu próprio quarto, as gavetas remexidas.

Ele lembra-se de que sempre deixava guardada em uma

das gavetas uma boa quantia em dinheiro.

Vasculha o local e não encontra nada, ela havia levado tudo.

Mas alguma coisa estava acontecendo com ele, pois não conseguiu sentir raiva.

Fechou os olhos e recordou da esposa que o havia abandonado assim que percebeu sua falência.

Foi casado com Elisa e nem sabia ao certo porque. Naquela época só tinha olhos para o dinheiro e o poder. Não era capaz de descrever Elisa emocionalmente.

Foi casado durante vários anos com uma desconhecida, na verdade ele chegava à conclusão, que Elisa deve ter sofrido muito com toda sua ausência e omissão como marido.

Quando ela reclamava sua presença, ele presenteava-a com joias, como se ouro, prata ou pedras preciosas substituíssem um abraço ou um bom bate papo com a pessoa amada.

Elisa acomodou-se com o que ele lhe dava, dinheiro e status, um amor que tem como base bens materiais só podia acabar quando o dinheiro acabasse.

Agora ele se via diante de algo novo, quando olhava para Marina parecia ver e sentir além do que os olhos podiam observar. Ele não sabia explicar, mas o fato era que Marina mexia com as mais íntimas fibras da sua alma.

Estaria amando de verdade? A força da emoção que sinto me invade a alma enchendo-a de ternura e paz. Logo eu, que nunca liguei para essas coisas do coração. Seria castigo a essa altura da vida, gostar de uma mulher naquelas condições? Uma mulher destruída pelo vício? – indagava-se intimamente.

Fechou a gaveta onde estava o dinheiro que ela havia levado e desceu as escadas.

Contemplou os dois amigos e não fez qualquer referência sobre o dinheiro.

De voz embargada pela emoção ele fala:

— Ela fugiu, mas eu não vou desistir...

Acompanhado de Arnaldo e do Professor, ele percorreu o centro da grande cidade, os guetos promíscuos onde as pessoas se drogavam.

Nem sinal de Marina.

O dia foi envelhecendo e a noite chegando.

— O que vamos fazer Varella?

— Não sei Arnaldo, mas vou esperar, tenho certeza que ela vai aparecer.

Nesse momento passa uma garota por eles, uma das usuárias que Varella viu ao lado de Marina quando a conheceu.

Ela reconhece o Professor que sempre andava por ali, aproximou-se e disse:

— Estão procurando a Marina, Professor?

— Sim... sim... – Varella antecipa-se e responde.

— Ela tá mal, tá caída lá em frente o correio...

— Tem certeza que é ela? – Arnaldo pergunta.

— Claro... eu estava junto com ela na hora do "bode".

— O que ela quer dizer com "bode"? – Varella indaga curioso.

— Ela quer dizer que Marina está tendo uma crise ou overdose por causa das drogas.

Varella sai correndo em grande disparada na direção do correio, no que é seguido pelos dois amigos.

Faltando alguns metros ele vislumbra um corpo caído e ao aproximar-se reconhece as roupas.

Ele se agacha e sentando-se ao chão coloca a cabeça dela em seu colo e acaricia os cabelos desgrenhados de Marina.

— Vou telefonar pedindo ajuda! – Arnaldo fala preocupado.

Os minutos passam rapidamente e Marina fica ali, imóvel no colo de Varella.

Naqueles momentos Varella novamente vive um turbilhão de pensamentos.

O que estou fazendo aqui, com essa mulher em meus braços? Por que sinto todas essas emoções que angustiam meu coração?

O socorro chega e Marina é levada para o hospital.

Uma luta pela vida dela seria travada daquele dia em diante.

Ela fica em estado de coma.

Diariamente Varella comparece ao hospital vivendo as agruras de cada momento decisivo e de espera.

As avaliações neurológicas indicam que não existe uma previsão para que Marina desperte do coma.

O tempo vai se arrastando e com ele as esperanças de Varella em ver Marina de volta a vida.

Os processos trabalhistas contra Varella vão se concluindo e ele vai sendo condenado, um a um.

O dinheiro que fora bloqueado de seus empreendimentos pela justiça como garantia de pagamento aos funcionários, cobre as despesas.

De fato, Varella ficou apenas com a casa onde estava morando e com o carro importado, do qual não fazia uso.

Realmente ele foi vítima de um plano muito bem elaborado, por mentes capacitadas e desonestas.

Mas a vida não é um caos onde possa existir vítimas, na verdade ela é sempre resultado de uma causa, boa ou má, inteligente ou ignorante.

Ele estreitou os laços de amizade com Arnaldo e com o Professor de quem não se afastou mais.

Todo dia passava pelo hospital, a fim de ter notícias de Marina.

Envolveu-se com uma organização que prestava assistência a usuários de drogas, e passou a frequentar uma casa espírita.

Surpreendia-o sobremaneira os ensinamentos espíritas e a prática da caridade.

Mergulhou no estudo das obras básicas com afinco, pois desejava conhecer o processo pelo qual Marina havia sido instrumento da manifestação de Alexandre.

Emocionava-se com as muitas mensagens que lhe alimentavam a alma, enternecendo o coração.

Sua alma antes aflita, agora encontrava respostas para as indagações sobre o processo da vida.

Procurava acompanhar o Professor em suas peregrinações, bebendo de suas palavras, grandes ensinamentos.

Aprendeu que aquele homem antes tão enigmático, era

instrumento de benfeitores espirituais, estrelas invisíveis.

A riqueza material que lhe entorpecera os sentidos espirituais durante muito tempo, agora era vista como mais uma lição importante no aprendizado da vida.

Sentia ainda muitas dificuldades para lidar com conceitos duramente arraigados, que durante muitos anos nortearam sua conduta, mas dia a dia Varella renovava-se intimamente.

Se não fosse a situação dolorosa e a ligação, que agora ele entendia ser profundamente espiritual com Marina, certamente estaria muito mais feliz.

Mas a vida seguia seu curso, com todas as contradições que a compõe.

UM NOVO SEGUIDOR

No saguão do hospital, Varella, Arnaldo e o Professor aguardavam junto com dezenas de familiares o momento da visitação.

Os pacientes internados na UTI recebiam apenas um visitante, devido aos cuidados necessários para tal cometimento.

Já os demais pacientes, podiam receber quantas visitas desejassem respeitada uma ordem de entrada e dentro do horário permitido.

Havia certo vozerio, pois eram muitos a aguardar.

De repente, um grito de dor e um pranto convulso se iniciam.

Uma mulher chora e lamenta, pois não necessitaria fazer

a visita ao filho naquela tarde, pois o mesmo entrara em óbito há poucos minutos.

Se a dor tem uma voz, essa voz é o choro de uma mãe.

Silêncio doloroso e solidário se instalou no grande saguão.

Algumas pessoas derramavam lágrimas silenciosas de solidariedade, outras preferiam sair para a parte externa do hospital, para não ouvir a voz da dor a cantar sua canção de realidade.

Nesse momento o Professor de onde estava, dirigiu-se a mãe em pranto dizendo assim:

— Tens paciência mulher! Pois o Senhor da vida não fica indiferente às lágrimas de uma mãe...

As palavras daquele homem vinham carregadas de um timbre respeitoso e amoroso.

Todos se viraram para o Professor, que de olhos profundamente lúcidos continua:

— Não temos como chorar em teu lugar, pois nesse vale de dor que é o mundo, cada qual tem sua cota de lágrimas. Embora o momento seja de tormento em tua alma, somos todos solidários ao seu coração.

As palavras do Professor capitalizaram a atenção de todos, e até mesmo a mãezinha em sofrimento estancou o pranto para escutar o que ele tinha a dizer.

E ele prosseguiu:

— A todo instante, mães pelo mundo afora pranteiam os filhos queridos, que demandam outra dimensão. Essa flor de carne que brotou em teu ventre, verdadeiro jardim de Deus, foi semeada pelo Criador. Sei que o filho querido, essa flor de Deus, perfumou tua vida de esperança, carinho e afeto. E agora, na hora em que o Senhor da vida vem colhê-la da sua convivência é muito difícil viver sem ela. Mas digo-te, com a certeza desse dia novo que nos brinda a passagem pelo mundo. O perfume do amor que foi exalado no período em que conviveste com seu filho, está perpetuado na imortalidade que felicita ambos. Se os filhos são flores de Deus a enfeitar o jardim da vida, as mães são os beija-flores do Criador a polinizar com carinho os filhos, agora flores do mundo. Podes orvalhar seu filho querido pelas lágrimas legítimas de tua alma, mas que essas lágrimas não derramem o fel da revolta, pois se assim for todo perfume do amor irá se perder. Sei que agora teus sonhos de felicidade estão interrompidos pelo murchar da vida física do filho amado. Mas lhe peço para polinizar a alma do filho amado com o perfume da oração e da gratidão. Algumas flores perdem o viço, a vitalidade e a beleza, pois seu tempo de permanência no jardim desse mundo chega ao fim. Se conseguires nutrir seu coração de resignação e compreensão, dia virá, em que no silêncio da tua alma sentirás a presença e o olor do filho amado. Pranteia teu filho, é justo! Mas lembra-te que milhões de beija-flores como tu em determinado momento não encontram mais as flores preferidas de seus jardins. Confia agora no Senhor do jardim, que Ele estenderá a mão dadivosa para que tu repouses e se refaça para seguir vivendo. Não te esqueça que a saudade que te acompanhará de agora em diante, é o perfume do amor que te impregnou a alma.

O ambiente do grande saguão hospitalar estava envolvido em atmosfera especialíssima.

Todas as pessoas experimentavam imensa emoção e paz.

O Professor caminhou até a mãezinha e a abraçou silenciosamente.

Após o abraço, ele saiu discretamente do saguão dirigindo-se para a parte exterior do hospital onde esperaria por Varella e Arnaldo.

— Como ela está? – indagou o Professor.

— Na mesma, parece que esse quadro não vai mudar! – Arnaldo retruca desmotivado.

— É preciso esperar o tempo das estações de Deus, elas têm um ciclo a cumprir, que não é exatamente o ciclo da nossa impaciência! – redarguiu o Professor.

— Ele tem razão Arnaldo, precisamos manter a esperança e aguardar. – Varella fala resignado.

Os três amigos caminhavam por movimentada avenida quando...

— Ei... espere...

Eles se viram e olham para trás.

— Lembra-se de mim, Professor?

Ele sorriu e disse:

— Claro que me lembro de você Varejão...

— Estou em regime semiaberto, fico em liberdade de dia e volto para prisão à noite.

— Então você não está mais naquela delegacia?

— Após sua passagem por lá, eu mudei meu comportamento e usei da minha influência para ajudar os outros presos. – ele sorri e segue falando – Minha nova atitude fez com que um advogado se interessasse por minha situação prisional, depois de avaliarem minha ficha o juiz atendeu ao pedido do advogado e conseguiu minha liberdade dessa forma. Segundo ele em breve poderei cumprir o resto da pena em liberdade.

Varella olhou para o recém-chegado com certo desagrado e os pensamentos e conceitos do homem velho não tardaram a aflorar.

E ele pensava:

Será que não corremos risco?

O Professor apresenta Varejão para seus amigos:

— Varella e Arnaldo, esse é o Varejão, o homem que liderou o movimento me trazendo a liberdade naquela manhã em que vocês foram à delegacia me procurar. Foi ele que me protegeu e reivindicou minha liberdade comandando o barulho dos presos.

Varejão com humildade estende a mão para cumprimentar Arnaldo e Varella.

Arnaldo é bem receptivo, mas Varella demonstra certo enfado na atitude de estender a mão.

— Após aquele dia – Varejão fala entusiasmado – iniciou-se um movimento entre nós pedindo o afastamento do delegado Laerte. E não demorou um mês para que ele fosse afastado!

— E onde ele anda agora? – o Professor indaga com grande curiosidade.

— Foi transferido para outra delegacia num bairro da periferia.

Com jovial sorriso e alegria na face o Professor perguntou:

— E agora, o que você vai fazer da sua vida?

A resposta de Varejão foi direta e objetiva:

— Desde que sai da cadeia venho lhe procurando, pois desejo aprender a ouvir estrelas também!

— Acho que não temos mais espaço em nosso grupo... – Varella fala com desconforto.

— Ex-presidiários não podem aprender a ouvir estrelas? – Varejão indaga com simplicidade.

Se dando conta do comentário preconceituoso que fizera, Varella tenta consertar.

— Não foi isso que quis dizer...

— Fique tranquilo Varejão, você já começou a ouvir as estrelas que tem dentro do seu coração. – o Professor falou com carinho colocando a mão sob o ombro do recém-chegado, e completou – Seja bem vindo! Vou te ensinar a ouvir seu coração!

— Mas eu gostaria de ouvir estrelas!

— Não se ouve estrelas sem ouvir o próprio coração. No tempo certo vais ouvir tudo...

TU ME AMAS?

O pequeno grupo segue caminhando pela grande avenida até que se aproxima de determinado trecho onde o número de pedestres é muito grande.

A calçada larga permite um movimento muito intenso de transeuntes, já que aquele setor era eminentemente comercial.

Surpreendendo a todos, um jovem que não devia ter mais de vinte e três anos, aproxima-se do Professor de mãos estendidas, pedindo dinheiro.

O modo de falar denotava que ele tinha em sua expressão verbal a delicadeza feminina.

Varejão fez um comentário preconceituoso enquanto o Professor permaneceu em silêncio.

O jovem estendeu a mão tocando o ombro do Professor com humildade.

Nesse ínterim foi acometido de mal súbito e caiu ao chão experimentando desconforto físico e emocional.

O Professor imediatamente se abaixou para prestar auxílio, enquanto seus seguidores ficaram imobilizados ante a cena.

Foi nesse momento que uma mulher baixinha e franzina, usando hábito religioso aproximou-se sentando ao chão.

Ela segurou a cabeça do jovem com carinho colocando-a no colo.

Lançou mão de uma pequena garrafa de água molhando os lábios do jovem enfermo.

O Professor por sua vez segurava carinhosamente a mão do rapaz.

Grande círculo humano se fez em derredor do corpo caído e frágil.

Algumas pessoas olhavam indiferentes, outras eram apenas curiosas.

A surpresa aumenta quando o Professor asseverou com acendrado carinho na voz:

— Estou a ouvir estrelas...

— Eu também quero ouvi-las professor, como faço? – indagou Arnaldo.

— Ouço-as através da caridade, da fraternidade e da solidariedade...

A pequena mulher sorriu compreendendo o que aquele homem dizia e afirmou:

— Eu também ouço estrelas todas as vezes que amo,

que auxilio o meu próximo.

E diante dos olhares incrédulos e estupefatos a pequena mulher ergueu os olhos ao céu e disse:

"Senhor, que alegria!

Tu me destes alguém para amar!

Senhor; Quando eu tiver fome, dai-me alguém que necessite de comida.

Quando tiver sede, dai-me alguém que precise de água.

Quando sentir frio, dai-me alguém que necessite de calor.

Quando tiver um aborrecimento, dai-me alguém que necessite de consolo.

Quando minha cruz parecer pesada, deixe-me compartilhar a cruz do outro.

Quando me achar pobre, ponde a meu lado alguém necessitado.

Quanto não tiver tempo, dai-me alguém que precise de alguns dos meus minutos.

Quando sofrer humilhação, dai-me ocasião para elogiar alguém.

Quando estiver desanimada, dai-me alguém para lhe dar novo ânimo.

Quando sentir a necessidade da compreensão dos outros, dai-me alguém que necessite da minha.

Quando sentir necessidade de que cuidem de mim, dai-me alguém que eu tenha de atender.

Quando pensar em mim mesma, voltai minha atenção para outra pessoa.

Tornai-nos dignos, Senhor, de servir nossos irmãos que vivem e morrem pobres e com fome, no mundo de hoje.

Dai-lhes, através das nossas mãos, o pão de cada dia e dai-lhes graças ao nosso amor compassivo, a paz e a alegria."[2]

A emoção era coletiva.

Algumas pessoas não conseguiam disfarçar as lágrimas que nasciam das almas necessitadas em se alimentar de amor e fé.

O jovem abre os olhos e ergue-se auxiliado pelo Professor e pela franzina religiosa.

Varella tomado de emoção, lembrou-se do quadro que tomava toda a parede do seu escritório. Surgia em sua mente, em palavras garrafais os dizeres do rodapé do quadro:

"Tu me amas?"

Varejão não conteve a emoção e abraçou Arnaldo.

Refeito do momento desagradável, o jovem afirmou envergonhado:

— Sofro de ataques epiléticos, já tive bons empregos, mas não consegui me fixar em nenhum deles por causa desses ataques. Estou passando por dificuldades e a fome é grande, acho que estou um pouco fraco.

— Venha comigo meu filho, vou te abrigar em minha casa, junto com outros filhos do calvário!

E tomando o jovem pela mão, como se fora criança, ela sai puxando-o pelo braço.

A multidão ia se dispersando, quando um homem dentre tantos apontou dizendo:

— Ei... Você não é o Professor que ensina as pessoas a

---

[2] Prece de Madre Tereza de Calcutá.

ouvir estrelas?

Ele parou e fitando os olhos do seu interlocutor, assentiu, balançando a cabeça positivamente.

— Ensina-nos a ouvir estrelas? Assim a gente não escuta a fome da barriga, os gritos da violência, as palavras da miséria humana.

Ante as palavras daquele homem, a maioria das pessoas permaneceu parada, a fim de observar o desenrolar dos fatos.

O Professor sorriu com certa amargura e reflexivo falou pausadamente:

— A pior miséria humana é não amar. Todos estão ocupados, com pressa de viver, que se esquecem da própria vida e seus encantos. Troca-se amor pela alta tecnologia, parece que as pessoas se esforçam para que o tempo lhes falte, só para não ter trabalho pra amar. Ocupam-se durante horas em projetos profissionais, esquecendo que somos movidos a afeto e atenção. Como não temos tempo para o amor, teremos muito tempo para chorar a dor de sua ausência. Me perguntas o que deves fazer para ouvir estrelas e eu interpreto o poeta Olavo Bilac para me fazer entender:

Ouvir Estrelas

"Ora (direis) ouvir estrelas! Certo
Perdeste o senso!" E eu vos direi, no entanto,
Que, para ouvi-las, muita vez desperto
E abro as janelas, pálido de espanto...
E conversamos toda a noite, enquanto
A via-láctea, como um pálio aberto,

Cintila. E, ao vir do sol, saudoso e em pranto,
Inda as procuro pelo céu deserto.
Direis agora: "Tresloucado amigo!
Que conversas com elas? Que sentido
Tem o que dizem, quando estão contigo?"
E eu vos direi: "Amai para entendê-las!
Pois só quem ama pode ter ouvido
Capaz de ouvir e de entender estrelas."

E as pessoas aplaudiram entusiasmadas as palavras do Professor em sua emocionada declamação.

E ele olhando para todos disse com ternura;

— Todos vós sois estrelas, e só pela prática do *amai-vos uns aos outros* é que um dia iremos todos nos entender pela linguagem universal das estrelas, o amor!

O homem que ouvia estrelas caminha para o outro lado da avenida no que é seguido por Arnaldo, Varejão e Varella.

Nesse momento o telefone de Varella toca e ele atende rapidamente.

— Sim, estou indo agora para o hospital!

— O que houve? – Arnaldo indaga curioso.

— A Marina despertou do coma e está lúcida.

— Então vamos todos para o hospital... – o Professor sorri dizendo isso.

O serviço social do hospital durante a internação de Marina tentou em vão localizar seus familiares, mas não logrou comover alguns deles, pois desesperançados quanto a recuperação dela, preferiram não se envolver mais e davam ela como morta.

A única pessoa que se interessava por ela e fazia visitas rotineiras ao hospital era Varella.

Assim que o pequeno grupo chegou ao complexo hospitalar Varella conseguiu autorização para visitá-la.

No quarto Marina não o reconheceu.

Isso foi encarado com naturalidade por Varella, pois ele sabia que a confusão mental em que ela vivia por causa das drogas certamente traria esses problemas.

Aconselhado pelos médicos, ele conversou com ela sobre a internação para se livrar definitivamente das drogas.

Ele procurou conversar com muito tato e delicadeza, para que ela aceitasse aquele momento como decisivo para retomada de sua vida e a vitória contra o uso de drogas.

Surpreendido e emocionado ouviu de Marina o aceite para receber ajuda.

Entusiasmado com a grande alegria que experimentava em sua alma beijou com ternura as mãos dela avisando que voltaria para acompanhá-la no tratamento.

Marina por sua vez, estava um tanto confusa, pois não tinha certeza de conhecer aquele homem que tanto tentava fazer por ela.

Algumas imagens confusas emergiam de sua mente, mas nada se fixava de modo a lhe proporcionar clareza de raciocínio.

Varella comunicou a grande notícia aos amigos e todos comemoraram o precioso momento.

Dali a três dias Varella no interior da ambulância acompanhava Marina até a clínica de recuperação.

DESAFIOS

A casa de Varella transformara-se na casa de todos.

Após alguma dificuldade por parte de Varella, Varejão foi recebido carinhosamente como membro do grupo.

Certa noite o Professor saiu para o mundo, como sempre fazia e o pequeno grupo o seguiu como de costume.

Era uma noite como todas as outras, e a conversa corria solta entre eles.

— Já estou tentando conversar com as estrelas! – Varejão afirmou sorrindo.

— Não acredito que você chegou agora e já está fazendo isso, duvido! – Arnaldo cutuca o novo amigo.

— E como é que você faz para conversar com elas? – Varella não perdeu a oportunidade de provocar também.

— Conversando ora essas... – Varejão dá de ombros.

— Em qual língua elas falam com você? Inglês, espanhol... – Arnaldo ria com a própria pergunta.

Varejão que era uma pessoa destituída da cultura do mundo respondeu inocentemente:

— A língua delas é a do meu coração, é nessa língua que as estrelas conversam comigo!

— Depois dessa, vocês deveriam ficar quietos e ter o Varejão como vosso intérprete na conversa com as estrelas.

— Está certo Professor, ele tem razão, mas porque é tão difícil falar nessa língua?

— É preciso ser simples de coração e tratar as pessoas com amorosidade e respeito. São poucos os que fazem isso, por isso, são raros os que se comovem com os pequenos "milagres" da natureza. Todas as crianças ouvem e conversam com as estrelas, pois são simples de coração, antes de ver o mal, elas sempre veem a presença do bem em todas as situações. Já o adulto olha primeiro para o pior lado, o lado de se levar vantagens. O arco-íris enfeita o céu e ele não percebe, os pássaros cantam e o homem adulto acha entediante. Uma mensagem amorosa lhe chega às mãos e ele não tem tempo pra ler. A família está se desintegrando e ele nem percebe. É na simplicidade que está a felicidade do coração, é onde reside a capacidade de se ouvir estrelas.

O pequeno grupo entra por uma viela mal iluminada e estreita.

A calçada pequena e ocupada por muito lixo os leva a caminhar pelo meio da rua.

Em direção oposta surge um veículo em razoável velocidade que acende o farol alto.

A visão fica dificultada e por pouco o carro não atropela a todos.

O automóvel freia bruscamente e as quatro portas se abrem.

De uma delas um homem usando sobretudo e chapéu desce dizendo:

— Mas se não é o Professor, como esse mundo é pequeno...

Varejão logo reconhece a voz:

— Delegado Laerte!

— Agora o Professor deu para ter marginais em sua companhia? – fala com ironia o delegado.

Logo atrás, um outro carro estaciona e mais dois homens descem armados.

— Vou levá-los para um passeio...

— Mas isso está errado delega... – Varella não termina a frase, pois Laerte lhe desfere um golpe com a coronha do revólver.

— Agora dividam-se, dois em cada carro! Agora!!!

Varella e Arnaldo vão para o carro de trás e lá são encapuzados e algemados.

O mesmo acontece com o Professor e Varejão, que seguem com Laerte.

O carro circula por cerca de uma hora e meia trafegando por ruas e avenidas ermas.

E depois de muitos solavancos estaciona no interior de um galpão.

Os capuzes são retirados e a fraca iluminação dificulta a

visão, e eles levam alguns minutos para se acostumar com o ambiente.

— Coloquem os quatro ali, encostados na parede... – Laerte aponta para seus comparsas.

— Está vendo alguma estrela aqui dentro? – Laerte fala ironizando o Professor.

Após breve silêncio Laerte volta à carga:

— E então, vê ou não estrelas aqui dentro? Pensou que iria me ridicularizar e as coisas ficariam desse jeito? O dito pelo não dito!

Ele se aproxima do Professor e lhe desfere um forte soco no estômago.

— Tenho certeza que ele está vendo muitas estrelas agora!

A gargalhada foi geral entre Laerte e seus comparsas.

— Deixe-o em paz! – Varejão pede.

O pedido dele tem como resposta uma agressão em seu rosto.

Varella e Arnaldo ficam quietos para não agravar a situação.

— E então? Quero que me diga agora se estou preso pelo sistema, estou preso? Fale!!!

O Professor ergue a cabeça e fixa seus olhos nos olhos do delegado e após segundos que pareceram horas fala com mansidão na voz:

— Sim delegado, o senhor está preso no sistema, algemado a violência, encarcerado na corrupção...

Uma tapa em seu rosto provoca um estalo, ecoando em todo galpão.

A ira do delegado faz com que ele esbofeteie seguidas vezes o rosto do Professor.

Ferido, um filete de sangue escorre por seu nariz contornando seus lábios.

Arnaldo procura livrar-se da imobilidade que as algemas lhe impunham, mas foi contido por um dos homens que encostou o cano da arma em sua fronte.

Varella sentiu também o frio do cano do revólver em seu rosto.

— Vamos queimar tudo aqui... trouxeram os galões de gasolina?

— Sim Delegado... – fala outro homem.

— Então os pegue, e espalhe a gasolina por todo galpão.

— Sim Delegado...

Dois homens se mobilizam para atear fogo em todo galpão.

— Tenho certeza que daqui a pouco você não apenas vai ver estrelas, como também vai sentir o calor delas a queimar sua carne!

Tudo vai sendo preparado, mas para surpresa de todos a iluminação elétrica sofre brusca queda de tensão e as lâmpadas se apagam.

O grande galpão fica em total escuridão.

— Diabos, tinha que faltar luz logo agora! Liguem os celulares para que sirvam de lanterna! – ordena o delegado.

Varella, Arnaldo e Varejão ficam quietos, silenciosos.

O delegado se volta novamente para o Professor e o ameaça, agredindo-o com novo soco no estômago.

Ele curva-se e cai ao chão.

Ouvem-se apenas seus gemidos.

Mas a cena que começa a se desdobrar diante de todos causa profundo impacto.

A voz do Professor se altera causando surpresa.

Laerte e seus homens ficam paralisados.

— Esse cara é de outro planeta... eu nunca ouvi nada igual antes... – Laerte recua alguns passos de olhos fixos no Professor e aguça os ouvidos a fim de ouvir o que ele diz.

As palavras pronunciadas pelo Professor causam grande impacto em Laerte.

— Sinto uma presença espiritual ao meu lado, um espírito com a aparência de um jovem, ele se identifica como Humberto.

O nome pronunciado pelo Professor de alguma forma afeta o delegado, que sente faltar-lhe as forças, ele fica lívido e paralisado, não era possível crer no que ouvia.

— O rapaz está dizendo que é seu filho...

Essas palavras paralisam de vez o delegado que perdeu o controle sobre as próprias emoções.

O Professor continua e diz que o jovem tem uma mensagem para Laerte, que é a seguinte: *Papai, não precisa seguir se martirizando por causa daquele acidente. Eu te amo papai e continuo vivo em outra dimensão. Eu sei que você vivia amedrontado e estressado por causa do seu trabalho. Quando cheguei tarde naquela noite eu forcei a porta para entrar. Tenho certeza que o senhor atirou pensando que fosse um marginal querendo assaltar nosso lar. Não alimente esse remorso em forma de agressão contra pessoas inocentes.*

Laerte, envolvido pela energia que se formou no ambiente chora copiosamente e balbucia:

— Meu filho... me perdoe...

— O Professor então, segue com a mensagem: *Papai, o senhor é um homem bom e justo, mas o remorso lhe roubou a razão. Não faça mais isso paizinho...por causa do seu trabalho você muitas vezes me agrediu com gritos e palavras ofensivas, mas agora é tempo de parar e renovar suas atitudes. Quando meu corpo caiu ao chão naquela noite, me senti arrebatado e uma voz amorosa ecoou dentro da minha alma. Era a mamãe que vinha me receber junto com o vovô Laerte. Eles me levaram embora de casa para ser amparado, e só agora eu posso lhe falar por esta manifestação mediúnica através do Professor. Papai, perdoe-se para reencontrar a paz. Eu te amo! preciso ir...*

Todos os presentes derramavam lágrimas abundantes.

O Professor, ainda caído ao chão, após alguns minutos, volta a se mexer lentamente.

Um silêncio profundo domina o ambiente e a todos que testemunharam aquela cena.

ARREPENDIMENTO

O Professor com a ajuda de seus amigos se levanta ainda atordoado.

Nesse momento, a energia elétrica é restabelecida e as lâmpadas acendem.

Laerte de olhos vermelhos de tanto chorar fica sem ação, pois não sabe o que dizer.

Seus comparsas ficam na expectativa, aguardando ordens.

Rendido emocionalmente ele toma coragem e se dirige ao Professor dizendo:

— Espero que me perdoe a...

— Não precisa pedir perdão, não estou ofendido, pois sua dor lhe deixava cego. Não posso culpar alguém por não enxergar.

— O que posso fazer para reparar o mal que lhe fiz?

— Não há o que fazer, apenas leve-nos de volta, garanto-lhe que nenhum de nós vai lembrar mais do que aconteceu nessa noite. Pela manifestação do seu filho eu faria tudo novamente. Ele merece e você também. – e fazendo breve pausa concluiu – Hoje você ouviu a voz de uma estrela. Sei que sua truculência vinha da dificuldade em lidar com seus sentimentos, era uma autodefesa da qual você se utilizava. Queria mostrar-se forte para não evidenciar seus sofrimentos. Na noite em que ouvi seu filho e falei o que ele me pediu, foi como se eu tocasse em sua ferida, causando mais dor e revolta. Com isso, virei seu "inimigo", alguém que sabia da sua fragilidade emocional.

— Tens razão! Realmente eu sou um prisioneiro do sistema, um homem que já errou muito, pois confundiu a prática da lei com os próprios problemas pessoais. Vamos embora daqui, hoje eu ouvi uma estrela bem conhecida do meu coração. Descobri que a morte não existe e que as nossas ações geram dor ou bem estar. Diante de uma prova como essa, muitos conceitos que eu tinha caíram por terra. O tamanho da minha agressividade é o tamanho da minha vergonha agora. Lamento...

— Podemos ir agora? – Varella indaga rompendo o silêncio.

As algemas foram retiradas e todos tornaram a cidade.

Caminhando por praça da grande metrópole...

— Nós devíamos denunciar o Laerte à corregedoria da polícia! – Arnaldo fala com revolta.

— Não faremos isso! Você não percebe que o que aconteceu mudou a história da vida daqueles homens? Isso é mais importante que as agressões que eu sofri. São filhos queridos de Deus, que certamente modificarão muitos pensamentos e conceitos. Eles tiveram contato com a espiritualidade! E nós devemos agradecer por sermos instrumentos para promover o bem, mesmo que isso tenha me custado uns safanões.

— Me perdoe, mas minha limitação é maior que o meu perdão. – Arnaldo fala contrariado.

— É por isso que você não ouve estrelas! – Varejão falou com humildade.

— Não é possível que até você tenha essa compreensão Varejão?

— Eu não tenho Arnaldo, mas estou aprendendo a ter com o Professor que ama seus semelhantes!

— Eu também não tenho essa compreensão, mas admiro suas ações, são dignas de serem estudadas. Ainda mais nesses dias em que as pessoas competem por tudo!

Eles tem sua atenção voltada para um menino de rua, que próximo a eles rouba uma senhora, e ao empreender a fuga tropeça e cai ao lado do Professor.

A violência da queda fere a cabeça daquele menino que devia ter por volta de oito anos aproximadamente.

Algumas pessoas revoltadas com o fato se aproximam do menino caído, que atordoado não consegue se erguer.

Um homem tenta agredir a criança no chão e o Professor se interpõe.

— Não faça isso! – ele pede se pondo a frente da criança.

— É um ladrãozinho e merece levar uma lição... – fala o

homem enfurecido.

Outras pessoas se acercam do Professor e do menino, com isso, todos ficam acuados.

— Nossa! A vida a seu lado é uma sucessão de emoções! – Varella comenta e completa – E lá vem mais uma...

A Senhora que fora assaltada se aproxima e surpreende a todos, pois se aproxima do menino que lhe furtara, e com uma doce voz diz:

— Você está bem menino? – ela diz isso colocando a mão na cabeça do garoto.

Um silêncio sepulcral toma conta de todos.

A postura da Senhora aplacou a ira de muitos presentes que defendiam a agressão contra o menino.

A Senhora de semblante simpático fala com serena gravidade:

— A lição que esse menino merece é a da educação bem cuidada. Que país é esse que permite que suas crianças andem por aí usando drogas? As crianças são estrelas pequeninas iniciando seu brilho nesse mundo de sombras egoísticas. Nossos filhos necessitam de amor e atenção, para que possam brilhar com todo fulgor que suas forças lhe permitam alcançar.

As pessoas começavam a reconhecer a clareza e lucidez das palavras daquela Senhora.

E ela continua:

— Sou educadora, e não acredito na educação que traz apenas conhecimento, sou a favor e prego uma educação de sentimentos, e como complemento, uma educação que traga conhecimento. De que me vale ter conhecimento se não tenho sentimentos nobres em meu coração para dar direcionamento digno ao que eu sei? Todas as vezes que observarmos uma criança de mão estendida para roubar, imaginemos também as nossas mãos, pois falhamos como pais e educadores. Cada criança da nossa sociedade que vive ao abandono revela o fracasso de nossas instituições no trato com o bem mais precioso: suas gerações futuras!

O menino olhava tudo aquilo sem entender.

E a Senhora de cabelos nevados pelo tempo virou-se para o menino e indagou:

— Quando foi que comeste pela última vez?

De olhos baixos ele respondeu:

— Comi na hora do almoço...

— Já passa das onze horas da noite e esse menino está sem comer... – e com melancolia na voz ela prosseguiu – Aquele que cumpre totalmente com seu papel de educador e responsável, não com essa criança, mas com a criança ou o jovem que está dentro da sua casa, que atire a primeira pedra nesse menino!

As pessoas abaixaram a cabeça.

E a idosa professora seguiu falando:

— Você não tem tempo para sua criança, ou para o jovem da sua família? Cuidado! É essa omissão em nome de se ganhar dinheiro que gera essa realidade. Sociedade que não cuida do seu futuro é uma sociedade sem senso moral, sem futuro pra viver!

E dizendo isso ela olhou para o menino e diz tomando-o pela mão:

— Vem comigo filho, não precisa me roubar, pois se desejares, te alimentarei para cobrir a vergonha da minha consciência!

E todos ficaram estupefatos, pois de mãos dadas, Professora e menino infrator saíram caminhando até que dobrassem a esquina da vida desaparecendo de todos os olhares.

As pessoas foram se dispersando pouco a pouco, refletindo nas próprias ações como pais e educadores de uma forma geral.

— Vamos embora... Amanhã é outro dia, e precisamos escolher fazer um dia melhor pra todos nós.

A voz do Professor mais uma vez levou todos a reflexão e o pequeno grupo partiu silencioso.

ESPERANÇA

Tempos depois...

Alguns meses se passaram e Varella foi estreitando os laços de carinho e afeto com Marina.

O progresso dela era patente a cada novo dia e as próprias pessoas da clínica de recuperação alegravam-se, pois tudo era esperança de vida nova.

Até que...

— Finalmente chegou o dia... O quarto está pronto para recebê-la... Tudo acertado. Seremos a família dela daqui pra frente!

As palavras de Varella estavam carregadas de carinho e amor.

Arnaldo e Varejão fizeram a faxina e o Professor junto

com Varella cuidou do almoço.

Algumas flores foram espalhadas pela casa.

Uma colcha nova, lençóis novos foram colocados na cama também nova.

E Varella partiu para buscar Marina, pleno de esperança.

Na clínica as despedidas e promessas de manutenção das amizades ali iniciadas.

Agradecimentos e lágrimas de emoção.

Marina trazia um brilho novo no olhar, tinha viço na pele, nova ternura no coração.

Embora tudo estivesse com contornos de ventura, ao lado dela estava Alexandre, o amigo desencarnado, seguia perturbado e envolvido em sentimentos de ódio e vingança.

A mudança dos pensamentos de Marina ao longo dos meses de recuperação, cortou a sintonia estreita que fora mantida pela perturbação em que ela se encontrou durante o período de consumo de drogas.

Ela não tinha muitas lembranças, inclusive de Varella.

Não se recordava quem era ele e os problemas gerados em sua vida pelo ex-empresário.

Varella segurava nos braços de Marina e juntos caminharam pela rua até um ponto de táxi próximo.

Alexandre junto a eles esbravejava jurando vingança.

Tomaram o táxi e em pouco mais de trinta minutos chegavam de frente a casa.

Varella pagou o taxista e eles ficam por alguns minutos ali parados, de frente a casa, olhando para o futuro que os aguardava.

O coração dele exultava de alegria e ternura.

Embora tivesse se dedicado durante todos aqueles meses, ele nunca tivera coragem de revelar o que ia em sua alma e coração.

Tinha medo da reação dela, era inseguro com relação a diferença de dezessete anos de idade entre eles.

Ela correspondia ao assédio carinhoso dele com a mesma emoção.

Antes que pudessem entrar, Varella segurou nas mãos dela e disse com ternura:

— Marina, quero que saibas que independente de tudo que vai no meu peito, essa casa é sua e somos daqui pra frente uma família. Mas eu não posso deixar de te revelar todo amor que sinto por você. Desde que te conheci, mesmo nos momentos mais difíceis meu coração ficou ligado ao seu. Eu que andava pelo mundo tentando juntar o que sobrou de mim, das minhas experiências infelizes, quando lhe vi, senti a vida vibrar novamente, cheia de promessas e esperanças. Desde o primeiro momento do nosso encontro, a partir daquela noite até a noite passada, meu último pensamento do dia sempre foi você, e a cada novo despertar, a cada novo amanhecer era você que tomava conta da minha mente com promessas de ventura para uma nova vida. Hoje minha vida está enfeitada por seu sorriso, desejo ouvir a cada instante a música da sua voz. Eu que andava pelo mundo como um vencido, hoje ergo a cabeça ao alto e olho para o horizonte, o meu novo horizonte, que é você. Gosto de ti apaixonadamente, sinto isso na minha alma. Gostaria de enfeitar teus dias com meu zelo, desejaria proteger teu sono com minha vigília, para que nada macule o teu repouso. Eu te amo! Gostaria que tua presença transbordasse minha vida de esperança e jubilo. Um dia acreditei que o ouro fosse a razão da vida, hoje eu sei que esse amor sem medida é a medida da minha felicidade. Quero ver o mundo pela luz dos seus olhos. Seja bem vinda a sua casa, se desejares serei teu esposo!

Na mente de Varella as cenas da degradação de Marina pelo uso das drogas desfilaram rapidamente.

Ele não podia acreditar que aquela linda mulher ali na sua frente fosse a mesma pessoa de meses atrás.

A esperança estava diante dele, como Fênix renascida, Marina diz:

— Seus anseios carinhosos vem me emocionando durante esse período em que luto para vencer as drogas e as lembranças do meu grande amigo Alexandre. O passado não está claro em minha mente, parece que se apagou ou está bloqueado de alguma forma. Não me lembro dos fatos que levaram Alexandre embora da minha vida. Mas devo te dizer que seu desvelo e amor vem me ajudando a renascer. Também revelo nesse momento o amor que nasceu em mim. Sinto seus valores sinceros e a vontade plena de me fazer feliz, de cuidar-me...

Eles ficam frente a frente, de olhos pousados um no outro.

Enlevo e ventura dominam os dois corações.

Os lábios se procuram e eles se perdem num beijo mágico, as almas se tocam no afã do encontro aguardado, quem sabe, há alguns séculos.

A energia amorosa é arrebatadora, doravante eles vão morar um no outro.

Varella não acredita no momento revelador.

Pensava:

Sim, era ela que ele aguardava há tanto tempo. Quem pode ser feliz sem amor? Aquele toque das mãos sedosas, aqueles lábios que despertam no beijo apaixonado!

De mãos dadas ele a convida a entrar.

Tudo é silêncio na casa.

Ele empurra a porta de entrada da sala e todos surgem cantando, ofertando flores e alegria para a recém-chegada.

Alexandre em espírito esbraveja clamando por justiça, mas não consegue seu objetivo, que era levar Marina dali.

Após a efusiva manifestação, a mesa foi preparada para o almoço.

Em momento de imenso jubilo para todos Varella pede Marina em casamento.

Ela tomada de emoção aceita a proposta amorosa, cheia de ventura.

A data é marcada para dali a dois meses.

E a vida segue seu curso, com todas as contradições e belezas.

NOVA SEGUIDORA

O Professor caminha em nova peregrinação, mas agora é seguido também por Marina, que junto com Varella, Arnaldo e Varejão deseja beber dos ensinamentos que ele pode ofertar.

Todos os dias, eram dias de lições e aprendizado para a alma de cada um.

O grupo segue animado e Alexandre segue-os pelas ruas da cidade.

Tudo ia bem até que um homem aproxima-se do grupo e diz:

— Você não é o Professor de estrelas?

Eles param e o homem continua:

— Deves ter parte com o demônio pra fazer o que tu fazes e falar o que falas. Vais experimentar a ira do Senhor, pois ninguém anda nesse mundo sem prestar contas a ele!

O Professor fica em silêncio e o homem prossegue com agressividade:

— És mais um desses falsos Cristos que veio pra confundir o pensamento daqueles que estão convertidos ao Senhor da vida!

O discurso daquele homem atraía muita gente que começou a se aglomerar em volta do Professor.

— Não tens autoridade para propor a salvação em nome de Jesus Cristo, o filho de Deus que andou pelo mundo salvando almas!

As palavras inflamadas do pregador encontravam eco em muitos outros corações que se deixavam influenciar.

— O que tens a dizer em tua defesa?

— Para algumas pessoas a religião, seja ela qual for, é algema poderosa que rouba a capacidade de pensar e discernir.

— O que queres dizer com isso, seu blasfemo!

— Quero dizer que só podemos conhecer a Deus pelo pensamento, pois é esse atributo que nos aproxima Dele. Não quero conhecer a Deus pelas tuas palavras, quero conhecer o Senhor pelas vias do meu coração. E o encontro nas atitudes retas onde respeito os que não pensam como eu. Durante muitos séculos estamos sendo escravizados pela culpa imposta por teologias ultrapassadas. Religiões que condenam para oferecer a salvação que só elas têm é uma forma de manipular as mentes incautas!

O pregador assombrava-se com as lúcidas palavras do

Professor.

E ele prosseguiu:

— Guerras de extermínio já foram promovidas em nome desse "Deus", que tem a semelhança dos homens mais cruéis. Os homens tentam encontrar Deus acreditando que os mais aquinhoados pelos benefícios materiais são os escolhidos. Deus se encontra no altar do coração de todos os homens, mas são poucos aqueles que se dão conta disso. Nossa preguiça espiritual nos leva a acreditar que alguém se deixou crucificar por nós, além de preguiçosos, somos cruéis. Está mais perto de Deus aquele que mais serve desinteressadamente, aquele que sabe que rótulos religiosos não tem importância e que o encontro com Deus se dá a toda hora, na mão estendida aos sofredores do caminho. Na atitude humilde e discreta de servir. Em todos os seguimentos religiosos existem aqueles que se servem dos púlpitos para o culto a própria vaidade.

— Vais sentir o peso da mão de Deus! – esbraveja o pregador desconcertado.

— Gostaria de sentir agora a leveza da sua compreensão, e receber o carinho do seu abraço!

O homem ficou desconcertado, atônito.

As pessoas não esperavam aquelas palavras, imaginavam que a contenda fosse se acirrar.

— Não tens coragem de me amar porque penso de forma diferente da sua? – indagou o Professor – Aí está a proposta de Jesus para que nos amemos uns aos outros.

O pregador estava lívido.

— Por favor, me dê um abraço! – o Professor pede carinhosamente mais uma vez.

Constrangido o pregador se mostra frágil.

Nesse momento o Professor se aproxima dele.

No ar o suspense, as pessoas ficam ansiosas para ver o final daquele episódio.

O Professor abre os braços e abraça o pregador, envolve--o em carinho.

O pregador é vencido pelo gesto e abraça também.

— Essa é a mensagem do Cristo: *amai-vos uns aos outros, como eu vos amei!* Quando os homens sentirem-se membros da mesma família e vivenciarem essa realidade, as religiões perderão o sentido, pois todas se abrigarão sob a força do amor universal. Eu não tenho que impor a você as minhas crenças espirituais. Não tenha medo de ser você mesmo, assuma-se como ser humano e espírito aprendiz.

E do meio do povo surgiu um homem que disse:

— "Nosso medo mais profundo não é que sejamos inadequados. Nosso medo mais profundo é que sejamos poderosos demais. É nossa sabedoria, não nossa ignorância, o que mais nos apavora. Perguntamo-nos: Quem sou eu para ser brilhante, belo, talentoso, fabuloso? Na verdade, por que você não seria? Você é um filho de Deus. Seu medo não serve ao mundo. Não há nada de iluminado em se diminuir para que outras pessoas não se sintam inseguras perto de você. Nascemos para expressar a glória de Deus que há em nós. Ela não está em apenas alguns de nós; está em todas as pessoas. E quando deixamos que essa nossa luz brilhe, inconscientemente permitimos que outras pessoas façam o mesmo. Quando nos libertamos de nosso medo, nossa presença automaticamente liberta as outras pessoas. [3]

— Estou ouvindo estrelas... – o Professor afirma.

Não há mais nada a ser dito e depois de alguns minutos todos seguem para seu mundo íntimo a tocar a vida.

---

[3] Brilho inocente – Texto de Nelson Mandela.

O CASAMENTO

Finalmente chega o grande dia.

Varella e Marina preparam-se para o grande momento. Não haveria cerimônia religiosa, apenas os tramites legais de cartório.

Os padrinhos seriam Arnaldo e Varejão.

Às dez horas da manhã todos estão prontos e aguardam por Marina que no pavimento superior terminava de se aprontar.Varella olha repetidas vezes no relógio, a ansiedade é crescente.

Eis que ela surge no alto da escada, estava linda, delicadas e pequeninas flores lhe ornavam os cabelos.

A maquiagem discreta exaltava sua beleza simples e cheia de ternura.

Ela estava ali, com pequeno buquê nas mãos a transbordar sonhos e esperanças.

Dos olhos dela podiam se ver refletidas as luzes do amor sincero e verdadeiro.

Os amigos se aproximam do pé da escada, e todos emocionados com a história de superação de Marina aplaudem com entusiasmo a bela noiva.

Alexandre vê tudo aquilo e chora desconsolado pela impotência em impedir aquele momento.

Marina desce as escadas e o Professor a recebe pelas mãos.

Ela para e os amigos a cobrem de elogios.

— Você está linda Marina! – Arnaldo fala entusiasmado.

— Linda é pouco! – Varejão comenta.

— Desse jeito vou ficar com ciúme pessoal! – Varella fala com sorriso.

Novamente o Professor a todos surpreende quando fala de maneira compungida:

— Alexandre, sei que tu podes me ouvir! Pelo amor que tens por Marina o momento é de libertá-la para que ela siga com sua vida. Libertando-a estarás te liberando também, pois necessitas seguir adiante. Ela perdoou o Varella...

Varella sentiu grande incômodo.

Teria ela lembrado que foi ele que involuntariamente "induziu" Alexandre ao suicídio? Pensava.

E o Professor continuou:

— A dedicação de Varella à recuperação de Marina é a maior prova que ele podia te ofertar, quanto ao arrependimento que lhe assoma a alma.

Alexandre em espírito ouvia tudo, amenizando a cegueira que o sentimento de ódio lhe impusera até então. E seguiu ouvindo:

— Perdoa como Marina perdoou Varella, assim que ela lembrou quem ele era.

Alexandre começa a chorar, e as lágrimas eram bálsamo regenerador a evolver-lhe o coração.

Nesse momento alguns espíritos amigos se aproximam de Alexandre envolvendo-o em carinho e atenção.

Vencido pelo amor ele se deixa conduzir pelos benfeitores espirituais.

O Professor sorri para Marina.

Varella se aproxima da noiva e indaga:

— Você lembrou quem eu sou e o que fiz?

Amorosamente ela coloca o dedo indicador nos lábios dele a pedir que silencie aquelas indagações e diz:

— Você me pediu em casamento, estou esperando...

Varella dá o braço para a noiva e todos caminham em direção à porta.

Assim que o portão da casa se abre a emoção toma conta de todos.

Na calçada se encontravam várias daquelas criaturas ainda presas ao vício das drogas.

Eles foram trazidos por Varella que alugou transporte e as trouxe para ver e ouvir a estrela Marina que ressurgia no firmamento da vida saída do poço fundo da degradação, que as drogas impõe, para brilhar novamente na vida.

Um corredor de estrelas apagadas, ainda presas ao vício aplaudia a passagem de Marina, que de braços dados com

Varella emitia seu brilho estelar através do próprio sorriso.

Todos choravam copiosas lágrimas.

Eles partiram para o cartório onde a cerimônia civil foi realizada.

Meses depois a notícia:

Marina estava grávida.

Marina gerava uma estrela de carne em si, era cocriadora da vida.

Chega a hora do parto e nasce um menino.

Ele não era perfeito, nasceu com uma leve deficiência mental.

Não era perfeito fisicamente, mas o melhor para o aprendizado de todas as almas envolvidas nessa história.

Alexandre voltou ao mundo para ser filho de Varella e Marina, limitado pela debilidade mental imposta pelo suicídio, mas com infinitas possibilidades de aprender a amar.

E quando Varella e Marina souberam da debilidade do filho e ouviram seu choro pela primeira vez disseram em uma única voz:

— Estamos ouvindo estrelas...

Quanto ao Professor, Varejão e Arnaldo... Eles andam por aí ouvindo estrelas...

Para ouvir estrelas é preciso amar e ouvir o próprio coração, pois todas as criaturas tem o dom de ser capaz de buscar a própria felicidade.

Abaixo a transcrição do prefácio de *O Evangelho segundo o Espiritismo* que diz:

"...Semelhantes a estrelas cadentes, vem iluminar os caminhos e abrir os olhos aos cegos..."

Os Espíritos do Senhor, que são as virtudes dos céus, como um imenso exército que se movimenta, ao receber a ordem de comando, espalham-se sobre toda a face da Terra. Semelhantes a estrelas cadentes, vêm iluminar o caminho e abrir os olhos aos cegos.

Eu vos digo, em verdade, que são chegados os tempos em que todas as coisas devem ser restabelecidas no seu verdadeiro sentido, para dissipar as trevas, confundir os orgulhosos e glorificar os justos.

As grandes vozes do céu ressoam como o toque da trombeta, e os coros dos anjos se reúnem. Homens, nós vos convidamos ao divino concerto: que vossas mãos tomem a lira, que vossas vozes se unam, e, num hino sagrado, se estendam e vibrem, de um extremo do Universo ao outro.

Homens, irmãos amados, estamos juntos de vós. Amai--vos também uns aos outros, e dizei, do fundo de vosso coração, fazendo a vontade do Pai que está no Céu: "Senhor! Senhor!" e podereis entrar no Reino dos Céus.

O ESPÍRITO DE VERDADE

Psiu!

ADEILSON SALLES

É com você mesmo que estou falando.

Quantos sofrimentos experimentamos, alimentados pelas expectativas que criamos em relação aos outros?

Esse livro, fala direto a sua razão e toca o seu coração.

Psiu! A vida te envia recados diários.

Preste atenção!

A PINTORA DE SONHOS
ADEILSON SALLES

A vida retratada em telas e desenhos com toda sua beleza e dramaticidade.

Um pai que vive terrível conflito ao rejeitar a filha.

A menina rejeitada surpreende e começa a desenhar e a pintar sonhos que se realizam.

Pode alguém pintar telas com sonhos premonitórios?

Amor, ação e a presença espiritual nessa trama envolvente.

Emocione-se com "A Pintora de Sonhos", uma lição de vida.

Um belo aprendizado sobre o amor entre pais e filhos.

CTP·Impressão·Acabamento
Com arquivos fornecidos pelo Editor

EDITORA e GRÁFICA
VIDA & CONSCIÊNCIA

R. Agostinho Gomes, 2312 • Ipiranga • SP
Fone/fax: (11) 3577-3200 / 3577-3201
e-mail:grafica@vidaeconsciencia.com.br
site: www.vidaeconsciencia.com.br